勘違いからマリアージュ

目次

第一章　勘違いの結婚

1

「おめでとう！　幸せにね」

派遣先での最後の仕事を終えた中村天音《なかむらあまね》は、送別会の場でなぜか祝福されていた。

大手菓子メーカー営業部の同じグループに所属する総勢二十人ほどが、口々にお祝いの言葉をくれる。

天音はその光景を他人事《ひとごと》のように眺めながら、流されるままに酒のグラスを合わせた。

「結婚かあ。いいなあ」

隣に座った同い年の社員が、うっとりと天音を見つめている。

「会社の方針が変わって派遣社員さんたちの契約を終了するって聞いた時は心配したけど、みんな次の勤め先が決まって安心したわ。それに、中村さんは寿退社《ことぶきたいしゃ》だし。心置きなく美味い酒が呑める！」

ビールジョッキを片手に、どこからかやってきた先輩社員が声を張り上げる。

——多分、すでに相当酔っている。

「いや、まあ……あはは」

天音が顔を引きつらせて乾いた笑い声を上げても、気にする人はいない。

共に働いてきた派遣社員たちは、それぞれの新しい仕事先の話題で盛り上がっている。さっき天音にお祝いの言葉をくれた彼女らは、自分の結婚に対する夢を語り合っていた。

天音は周りをぐるりと見渡してから、手に持っていたチューハイを呷《あお》る。

——結婚の予定どころか、久しく彼氏だっていない。それなのに、天音はなぜか寿退社《ことぶきたいしゃ》すると勘違いされてしまっている。長年憧れていた上司にも誤解され、何度否定しても誰にも信じてもらえないまま、今日を迎えてしまったのだ。

グラスに残っていたお酒を喉に流し込み、深い深いため息を吐く。


——なにがどうしてこうなった。

2

天音が寿退社《ことぶきたいしゃ》すると勘違いされたきっかけは些細《ささい》なことだった。

あれは確か、派遣社員仲間の女五人で開いた飲み会の席。会社の方針が変わり、契約期間満了で退職することが決まった直後だったと思う。

天音は大手菓子メーカーの営業部で、約三年間派遣社員として働いていた。契約は終了するものの、派遣会社と今勤めている会社との間では前から話が出ていたらしく、次の勤め先はすぐに手配してもらえた。だから天音たちはなんの心配もなく、別れを惜《お》しむことができるのである。

天音にも次の職場の紹介はあったのだが、これを機に退職することにした。

「天音は、結局これからなにをするのよ？」

目の前に座る美香子《みかこ》が聞いてくる。

天音は箸《はし》を止めて顔を上げた。

「新潟《にいがた》に帰って、家業を手伝うの」

天音の実家は老舗《しにせ》の和菓子屋だ。

店には後継ぎの兄がいるし、普段はお義姉さんも手伝ってくれているので人手は足りている。しかし今、義姉は妊娠中で思うように動けない。

そこで、隠居《いんきょ》していた母が店番に立ち始めたのだけど……腰を痛めて即入院。和菓子は意外と重いし、中腰で動くから腰にくるのだ。

人を雇おうにも頑固《がんこ》で職人気質な父の人選が厳しく、バイト探しは難航し――そこで天音に白羽《しらは》の矢が立った、というわけである。

給料をくれると言うし、少しの間実家でゆっくりしようかなと、天音は派遣会社からの仕事を断り、数ヶ月ほど田舎に帰ることにした。

「なるほど～。天音は来月から北陸《ほくりく》かあ。いいなあ」

「いいなあって、実家だから、別にそんなにいいもんじゃないよ。それより千佳《ちか》はなにするんだっけ？」

本当におもしろい話でもないので、隣に座る千佳に水を向ける。

「私はね～……」

あっという間に話題は、千佳の新しい派遣先へと移る。

天音も、数ヶ月は実家で店番をするが、すぐにまた新たな派遣先でパソコンを睨《にら》み付ける日々に戻るのだろう。

――代わり映えのしない日々の繰り返し。それは安心できるものだが、少し退屈かもしれない。なにか生活が変化するような刺激があっても楽しいだろう。そんなことを考えながら、天音は何気なく呟《つぶや》いた。

「田舎で結婚するのもいいなあ」

今時《いまどき》、専業主婦をやっていられるほどの余裕はそうそうないだろうけれど、今よりはゆっくりできるかも。とはいえ、それは非現実的な選択肢だ。そんな風に自分を甘やかしてくれる男性が、どこにいるんだって話である。

一人で脳内ツッコミをしていると、美香子が驚きの声を上げる。

「え？　そうなの？」

なぜそんなに目を見開いて尋ねてくるのかと、一瞬不思議に思った。

しかし『田舎で結婚もありなのか？』と問われれば、答えはＹＥＳだ。多少違和感はあったものの、天音はそれを無視してしゃべる。

「そうそう。田舎に腰を落ち着けてね」

天音が頷《うなず》くと、美香子は「うわあ」と感嘆《かんたん》の声を上げた。それから彼女は「どんな人？」と聞いてくる。

——突然恋バナを始めるなんて、随分《ずいぶん》話題が飛ぶな。それになんだか聞き方も妙だ。

でもまあ、女子が集まれば恋バナに花が咲くのは自然な成り行きだろうと、天音は苦笑しながら違和感を勝手に打ち消す。……つまり、『どんな人と結婚したい？』と聞いているのだろう。

色々不可解な点はあるものの、酔っ払っているため言葉足らずになっているのだと判断し、構わず会話を続けた。

「ちょっと怖いのに優しくて、いざという時には頼りになるような人かな」

そう言いながら、一人の男性を脳裏に浮かべる。

牧戸大輔《まきとだいすけ》さん——尊敬する上司であると同時に、胸が苦しくなるほど好きになってしまった人。

仕事に対してかなり厳しいけれど、面倒見がよく、ふとした時に優しくて。営業担当がそれでいいのかと心配になるくらい、愛想が悪い。しかし、堅実な仕事ぶりで周囲からの信頼は厚かった。

短めの前髪をうしろに流す仕草は、凛々《りり》しいという言葉がよく似合う。

笑うとたれ目になって、ちょっと幼く感じられるところにも、胸がドキドキする。

天音の彼への想いは、三年という月日を経て、もう、淡い恋心で済ませられる段階ではなくなっていた。

しかし彼は、天音の想いにまったく気付いていない。つまり、脈なし。叶うはずのない恋である。

契約終了は、ある意味チャンスかもしれない。どんなに抑えつけても溢《あふ》れてしまいそうな想いに、区切りをつける時がきたのだ。

天音は田舎へ帰るし、なんの接点もなくなる。

——もしも、それでも忘れられなかったら……

絶望的よね、と天音は笑った。

「いいなあ！　私もそんな人に出会いたい！」

美香子の言葉に、天音は泣きそうになりながらも笑う。

「そうだね」

振り向いてもらえないなら、出会わなければよかった？

彼との思い出がすべてなくなるのと、叶わぬ想いを抱えながら生きていくのとでは、どちらが辛い？

そんなことを、ぼんやり考える。

その後も美香子や周りのみんなにあれこれ聞かれた。けれど天音は笑顔を作ることに一生懸命で、会話の内容をまったく覚えていない。

ただ曖昧《あいまい》に笑い、その場を取り繕《つくろ》うような言葉を発していただけ。

みんながやけに盛り上がっている理由を、考えもしないまま——

3

飲み会の一週間後。

天音は給湯室に入ったところで、数人の女性社員たちから声をかけられた。

「中村さん、結婚するんだって？」

「——はあ!?　しませんよ」

いったい、なんの冗談だ。まったく予定はない。それどころか、ここ三年ほどは、ずっと一人に片想い中だ。短大在学中に数ヶ月付き合ったのが、二十五年の間で唯一の経験で、思い当たる節《ふし》もない。

「またまた。恥《は》ずかしくて隠してるの？」

「もう、おめでたいことなんだから隠さないで！」

——いつ、どうしてそうなった。

天音があっさり否定したというのに、彼女たちは盛り上がっていて聞いてくれない。

「唯一、次の仕事が決まっていなかった派遣社員は、〝永久就職先を見つけた〟と、みんなが沸いている。

……誰がうまいこと言えと！

第一、次の仕事が決まっていなかったわけではない。田舎に帰らなきゃいけなくなって断ったのだ。そう説明しても、反応は決まっていた。

「ああ、実家のほうで結婚が決まったんだもんね」

そうではなくて……！

その後、噂の出所を探っているうちに、派遣仲間との飲み会の時に自分が紛《まぎ》らわしい受け答えをしたのが原因らしいとつきとめた。

だから訂正するべく実家の事情を話そうとしても、「大丈夫、大丈夫。私たちに気を遣わせないように黙っていたんでしょ？　わかってるって」と、話をまとめて切り上げられてしまう。

それでも天音は、「違う」「そんな予定はない」と言い続けた。しかし噂は広まりすぎて、否定すればするほど、からかいの種を増やしているように感じられ、疲れてきた。

決して肯定することはなかったのだが、ある日電話を取ったら――

『ああ、中村さん？　寿退社《ことぶきたいしゃ》だってね、おめでとう！』

取引先の人からも、お祝いされる始末。いったいどこまで噂が広まっているんだと、呆《あき》れ返ってしまう。

その頃には天音の中に、『もういいや』という諦《あきら》めの気持ちが芽生えていた。

どうせ退職はするのだ。その後に結婚しようがしまいが、誰にもわからないだろう。できることならば大輔にだけはこの噂を知られず、静かに最後の日を迎えたいと思っていたのに――

電話を終えた天音のもとへ、大輔がやってきた。

「結婚するんだってな。直属の上司としては、お前の口から最初に聞きたかった」

苦笑しながらそう呟《つぶや》いた彼を見て、天音は俯《うつむ》くことしかできない。

――言うわけないではないか。事実じゃないし、そんな根も葉もない噂を知られたくなかったのだから！

あまりのショックに天音は、ただ「すみません」としか言えなかった。

すると大輔は軽く笑う。

「冗談だから。おめでとう」

そう言って去っていく彼の姿を見て、天音は作り笑いもできないほど傷ついた。

そんな風に優しく祝福なんかしてほしくない。天音が誰と結婚しようが平気だと突き付けられた気がして辛かった。

俯《うつむ》いたままトイレまで行き、個室に籠《こも》って嗚咽《おえつ》を堪《こら》える。

恋心を、完全に打ち砕かれないままでいたかったのに。

それから天音は、寿退社《ことぶきたいしゃ》の噂を否定も肯定もすることなく過ごしたのだった。

4

そして迎えた、最後の勤務日の金曜。

終業後に営業部のみんなが、天音たち派遣社員の送別会を開いてくれた。

そこでも天音は、浴びるほどの祝福の言葉を送られ、言いようのない罪悪感に襲われる。

自発的に嘘をついたわけではないが、最後まで否定しなかった自分も悪い。

数日前、大輔にお祝いの言葉をもらってしまい、自暴自棄《じぼうじき》になって諦《あきら》めた自分が恨《うら》めしい。

天音はため息をついてから、室内を見渡す。それぞれ数名ずつのグループを作り、話に花を咲かせている。

そんな時、つい視線は大輔を探してしまう。こんな風に彼を目で追うのも、今日が最後になるだろう。

大輔は天音の対角線上、入り口付近の席に座っている。打ち合わせが長引いて遅れてきたため、着いてすぐ女性社員たちに捕まったようだ。

彼の姿をぼんやり眺めていると、一瞬だけ目が合う。

「……っ!」

気のせいかもしれないけれど、甘く、どこか切なそうな顔で、わずかに微笑んでくれたような気がした。

天音はこの会社に派遣されてすぐの頃から三年間、ずっと大輔の下で働いてきた。その部下との別れを、彼も少しは寂しく思ってくれているのだろうか。

天音の胸に、言いようのない寂しさが込み上げる。

――これはもう、呑むしかない。呑んで呑んで、前後不覚になるまで呑んで、潰《つぶ》れてしまえばいい！

そうして天音が一人で呑んだくれていると、幹事らしき人の声が響く。

「みなさーん、一次会はそろそろお開きです！　二次会に行く人は次の店へ～！」

それを聞いて立ち上がったら、少しよろけた。

おぼつかない足取りで、外に出ようと歩き出す。けれども道がわからない。来た時は、派遣仲間たちと一緒だったから、よく覚えていなかったのだ。そうして周囲を見回すも、誰もいない。

天音は仕方なく、辺りをうろつく。なんだか体がフワフワして、雲の上を歩いているみたいだ。

「あの、誰かお探しですか？」

声がしたほうを振り返ると、一人の店員が立っていた。

ちょうどいい。この人に聞こう。

「誰……誰というか、私が探してるのは、えーと……」

頭がボーッとして、言葉が出てこない。

「ほら！　あの、えーっと……あれです、あれ！」

身振り手振りをしながら、言葉を探していたら――

「中村！」

艶《つや》のあるバリトンボイスが響く。

その声は、天音が憧れてやまない大輔のものに似ているけれど、そんなはずはない。彼がわざわざ天音を探しにくるわけがないし……

もしかしたら、これは夢？　三年も片想いしてきた相手との別れが、あまりにもあっさりしたものだったのが悲しくて、自分に都合のいい夢を見ているのかもしれない。

そう考えるのが、一番しっくりくる。

……夢ならば、少しは勇気が持てるだろうか。

彼が脇を支えてくれたので、天音は遠慮せず寄り掛かって甘えた。

――その後のことは、途切れ途切れにしか覚えていない。

たしか誰かと一緒にタクシーに乗り込み、どこか大きなベッドのある部屋へ行った気がする。

『天音。抱くよ？』

蕩《とろ》けるように甘いささやきを、耳に吹き込まれる。

――こんな風に天音を呼ぶのは、いったい誰だろう？

大輔の声に似ているが、そんなはずはないと考えを打ち消した。彼から下の名前で呼ばれたことはないし、やっぱり夢を見ているに違いない。

酩酊《めいてい》状態だった天音は、状況を深く考えず、気持ちに任せて想いを口にする。

『牧戸さん、すき』

夢の中ならば、想いを告げても許されるはず。

長年、胸の奥に封じ込めていた想いを吐き出すと、もう止まらなかった。

『好き。大好き』

うわ言のように繰り返し、与えられる熱に翻弄《ほんろう》されて――天音は満ち足りた気持ちで眠りについた。

『この夢が、ずっと覚めなければいい』と願いながら。

5

――そんなことを願ったのは、どこのどいつだ。ああ……昨夜の自分を殴りたい。


翌朝。

目を覚ましたはずの天音は、まだ夢の続きを見ているのかと思った。

ベッドに横たわりながら眺めているのは、見覚えのない天井。完全に昨晩の続きである。

……昨晩の願いを撤回《てっかい》したい。いや、この状態が夢になるならば、夢であってほしい。

どうにかして、昨晩のことは夢だったというオチにならないものかと天音は痛い頭を抱える。

しかし無情にも、次々と現実が突き付けられる。

頭を動かして辺りを見回すと目に入るのは、ベッドサイドの椅子の上に掛けられた天音の服。ご丁寧なことに、ブラとショーツまで一緒だ。

——これはもしかしなくても、「一夜の過《あやま》ち」ってやつだろうか。

いやいや、まだそうと決まったわけじゃない。万が一の確率で、ヤッてないという可能性も……今、天音は全裸だけれど。

それに、下半身が重くて怠《だる》いけれど。とんとご無沙汰《ぶさた》だったというか、過去に一度しか経験のない体は、少々どころか、随分《ずいぶん》な痛みを訴えていた。

呑んで潰《つぶ》れて一夜の過《あやま》ち。

自分がそんなことをしでかすとは思わなかった。

——ところで、いったいここはどこだろう。誰かのマンション……インテリアの雰囲気からして、男性の部屋のようだ。

相手にも、まるで心当たりがないし本当に困った。

「あ……ったま、いたい…………」

それに、気分も悪い。明らかな二日酔いだ。

——自分はバカなんじゃないだろうか。

好きな人がいるというのに、ゆきずりの相手と一晩過ごすだなんて。

相手の顔を見ずに逃げ出したいと思うけれど、頭が痛すぎてすぐには動けそうにない。

それでも、どうにか服を着ようと、ベッドに寝たまま椅子に手を伸ばして服を引っ張る。すると、椅子ごと傾いてしまった。

がたんっ！

大きな音と共に服が散らばる。同時に、部屋の外から足音が近づいてきた。

天音は慌ててシーツを体に巻き付けた。服を着ることもできず、逃げることもできず、ただドアを見つめる。

「起きたのか？」

ガチャッとドアが開き、現れたのは――

「ま、ま、まままま……っ！」

なんと、大輔だった。

思ってもみない人の登場に、天音はただ口をパクパクさせ「牧戸」の頭《かしら》文字の「ま」を発音することしかできない。

まさか大輔が昨夜の相手!? 本当に、信じられない。

真っ白なTシャツにジーパンを穿《は》いた彼は、驚きすぎて動けない天音の顔を覗き込んだ。

「気分悪いのか？　水を飲め」

ベッドサイドに座って、天音を抱き寄せようとする。

「はあああああ!?」

天音はようやく覚醒《かくせい》し、思わず大きな声を出してしまった。自分の声の大きさが頭に響き、痛みに悶絶《もんぜつ》する。

「なんだ、その驚きようは」

彼を見上げると、お怒りモードだった。

「その反応……まさか昨晩のこと、覚えてないのか？」

目を眇《すが》めて聞いてくる彼に、どうにか「覚えていますとも！」と誤魔化《ごまか》したい気持ちが湧き上がる。けれど、誤魔化《ごまか》せないという確信もしっかりとあった。

――それにしたって、なにがなんだか！

「申し訳ございません……」

本当に。

なにをやらかしてしまったのだろう。

天音は、シーツを体にグルグル巻きつけながら、昨日の自分を振り返る。

――しかし思い出せるのは、居酒屋の隅っこの席でキャパオーバーするまで一人で呑んだことくらい。

そういえば帰り際に大輔によく似た声の人が現れて、一瞬支えてもらったような気もするが、あれは夢か現実か。曖昧《あいまい》で判別がつかない。

甘すぎる大輔の声が蘇《よみがえ》ってきて、あれが現実であるはずがないと天音は一人顔を熱くした。

仕方がないので、天音は酔っ払った自分の行動を予測する。

最後だからと、大輔に挨拶《あいさつ》をして絡んだのだろうか。

さらに、一度だけでいいから抱いてくれとせがんだのかもしれない。

そして、断られたので襲った、と……

——想像して、血の気《け》が引いた。

好きという気持ちが溢《あふ》れて、無理矢理襲ってしまったんだ、そうに違いない！

自分の鬼畜《きちく》な行動を想像し、ふるふると震えながら大輔を見上げた。

そんな天音を、大輔は首を傾《かし》げつつ見下ろす。

「天音？」

突然、下の名前で呼ばれて心臓がはねた。

大輔はいつも天音のことを「中村」と呼んでいたはず。こんな風に、恋人のように呼ばれたいと思っていたけれど、現実にはもちろん一度もなかった。

もしかして……まだ自分は夢を見ているのだろうか。いや、そんなわけない。

天音は、ますます意味がわからなくなった。なぜ彼は、天音をこんな風に呼ぶのだろう。

……それにしても、名前を呼ばれただけで、これほど胸が高鳴るのに、昨日の夢の中の自分はよく大輔に迫ることができたものだ。

そんなことを考えながら百面相《ひゃくめんそう》している天音を見て、大輔はため息を吐く。

「大丈夫だ。心配しなくてもいい」

——え、それって、ヤッてないってことですか!?

下半身には行為の証《あかし》とも言える違和感がある。しかし大輔がそう言うなら、すべてに目をつぶってそう思い込もうと決意する。

昨夜のことをなかったことにされるのは、少し胸が痛む。しかし、彼にとって不本意な行為だったに違いないのだから仕方ない。

天音は自らの胸の痛みを無視して、大輔を見上げる。すると、彼は真剣な顔で頷《うなず》いた。

「昨晩のことについて、お前の結婚相手には俺がきちんと話そう」

「はっ⁉」

――あったま、痛っ……！

思わず大きな声を出し、また同じ失敗を繰り返して悶絶《もんぜつ》した。

いや、悶絶《もんぜつ》している場合ではない。

「いえ、結構です。大丈夫です」

いろんな意味で痛い頭を片手で押さえながら、それでも否定しようと手を横に振った。

天音には、昨晩のことで話をつけなくちゃいけないような結婚相手などいないのだ。影も形もない。

しかし大輔は天音が否定したことを、別の意味に受け取ったらしい。

「なんだと？　まさか昨日のことを、一夜の過《あやま》ちにするつもりか？」

彼の声音が怒《お》りの色を帯びたと思った途端、体に巻き付けていたシーツを剥《は》ぎ取られてしまった。

「ひゃあああっ！」

床に投げ出されたシーツを一生懸命追いかけようとしたけれど、天音は大輔にベッドへと押し倒された。

両手首をベッドに縫い付けられて、腰の上には大輔の体がのしかかっている。

彼は服を身につけているというのに、天音はショーツさえ穿《は》いていない。

朝日が入る明るい部屋で、片想いの相手に裸を見下ろされているだなんて……！

恥《は》ずかしさに、全身の熱が上がってしまう。

どうにか動いて少しでも体を隠せないかと思っても、しっかりと押さえつけられていてびくともしない。

天音の抵抗など意に介していないように、大輔は唇を天音の耳元に寄せる。

「天音」

先ほどまでの怒りを帯《お》びた声ではなく、甘さを含んだ声で天音の名前を呼ぶ。

「は、はい……」

その声に逆らえるはずもなく、天音は大輔を見上げる。

恥《は》ずかしさから目に涙が滲《にじ》んでしまっていて、彼の姿が少しぼやけていた。

おとなしくなった天音に微笑んで、彼は言う。

「昨夜はあんなに、俺のことを好きだ好きだと言っていただろう？」

大輔の微笑みに目を奪われそうになったけれど、そんな場合じゃないと気が付く。

「あっ……あんなに⁉」

——たしか夢の中で、そんなことを言った気がする。つまり……あれらはすべて、現実ってこと!?

あんなに大盤振る舞《おおばんぶるま》いで、好きだ好きだと言い続けたってこと!?

好きという気持ちは本心だが、直接想いをぶつけるのは恥《は》ずかしすぎる。しかも連呼していたなんて、居《い》た堪《たま》れない。

信じたくなくて、天音はぶんぶんと首を横に振った。

もう、二日酔いで気分が悪いとか頭が痛いとか言っている場合じゃない。

幸いなことに、大輔は昨晩の痴態《ちたい》にこれ以上言及する気はないらしい。

ただニヤリと笑って、なにかを企《たくら》んでいるような顔をした。

「天音が覚えてないとしても、なかったことにはしない」

するりと、熱い手が天音の腰を一撫でする。

昨夜の情事を体が覚えているのか、びくんと大きく反応してしまった。

ようやく解放された手で胸を隠すけれど、今さらだと言わんばかりに大輔は笑う。

そして、天音の反応に気をよくしたらしい大輔は、ぺろりと自分の唇を舐めた。

「天音は、俺のことが好きなんだろう?」

改めて聞かれ、どう答えていいのかわからない。

——これは、どういう状況?

天音は昨日、彼に告白してしまったのだろうか。あんなに、あんなに、なにも言わず退社しようと誓っていたのに。脈がないのはわかりきっていたから、もしもまた会えた時に、なんでもない顔をして笑い合えるように、って……

それにしても、大輔はなぜ天音の気持ちを確認するようなことを聞くのだろう。

そもそも寿退社《ことぶきたいしゃ》すると思われていたはずである。結婚相手がいる（と勘違いされている）天音と、なぜこんなことを……？

大輔はそんな不誠実なことをするタイプではないし、まったくもって意味がわからない。

次から次へと疑問が湧いてくるものの、一つも答えは出ないまま。

昨晩、自分たちはどんないきさつで一夜を共にしたのだろうか。

――知りたい。でも、怖い……

天音が戸惑いながら視線を揺らすと、彼の瞳がまた怒りの色を帯《お》びる。

「ずっと俺のことが好きだったんだろ？　それなのに他の男と結婚しなけりゃならなくて、困ってたんだろ？　俺が守ってやる。好きでもない相手と結婚する必要なんかない」

彼は怒りを滲《にじ》ませた声でそう言って、天音の口を唇でふさぐ。

――キスされた！

……と、思った次の瞬間には、にゅるりと舌が口内に入り込んでくる。

なんだか今、すごいことを言われた気がするし、いきなりこんな濃厚なキスをされたから、ビックリして頭はフリーズ状態だ。

しかし彼は、そんな天音に構わず、彼女の舌を味わうように舐めた。

驚きに縮こまっていた天音の舌を、容赦《ようしゃ》なく吸い出す。

息継ぎさえままならないほど激しいキスをされ、天音は苦しくて大きく口を開けた。すると彼は、好都合だというように、さらに奥へと舌を伸ばしてくる。

天音はもうどうにかなってしまいそうで、ダメだと首を横に振った。しかし彼の手は、天音の体の線を辿《たど》って、腰から上へと撫でる。

「ひっ……んっんんっ」

普通だったらくすぐったいと感じるはずなのに、ぞわぞわと背筋を這《は》い上がる感覚に震える。

「ほら。体は快感を覚えている」

大輔は嬉しさを隠さずに言って、天音の頬にキスをする。

「素直に感じろよ。——気持ちいいだろ？」

すでに尖《とが》ってしまっていた乳首をきゅっと摘《つ》まれて、天音は反り返って嬌声《きょうせい》を上げた。

「あああぁっ……んっ！」

「なかったことにしようなんて、許さない」

頂《いただき》をコリコリと捏《こ》ねたり押し潰《つぶ》されたりする感触が、だんだんもどかしくなってきた。無意識のうちに、天音の腰が揺れる。

それに気付いた大輔は、天音の大好きな笑顔で甘くささやいた。

「こっちも触ってほしい？」

天音の下半身に伸びてきた手が、足の間にするりと入り込む。

そうして大輔の指は、天音の秘所を優しく撫でる。

昨夜の残滓《ざんし》もあるのか、天音のそこはもう潤《うるお》っていて、大輔が指を動かすたびにクチクチと小さな水音を立てた。

「まき、……っと、さぁん」

快感の波に流されてしまいそうになりながらも、必死に踏みとどまって彼の名を呼んだ。

彼に触れられること自体は、構わない。

長年恋い焦《こ》がれていた相手に甘くささやかれ、間近で温もりを感じ、こんな風に求められて……まるで夢を見ているみたいに幸せだった。

だけど、結婚について誤解されたまま関係を持つのはよくない。そんなの、二股をかけている状態でセックスするようなものだ。とても不誠実な行為だと思うし、彼にもそういうことを良しとしてほしくなかった。

天音は、不埒《ふらち》に動き回る大輔の腕を両手で押さえ込んだ。

「お願いです。まっ……待って、ください」

天音は、必死で大輔の手を押しとどめる。

すると、大輔の眉間に皺《しわ》が寄った。

「嫌《いや》だ、待たない。天音に、望まない結婚なんかさせない。俺のことが好きだと縋《すが》り付いて、俺の手でこんなに感じている天音を、他の奴になんか渡さない」

……どうやら大輔に、なにか大きな勘違いをされている気がする。彼がなぜそう思うに至ったか詳しく聞きたいが、それを問う間もなく足の間に彼の体が割り込んできた。

そして彼は天音の手を払い、太い指を二本同時に、天音の秘所に差し込む。

ぐちゅっ。大きな水音が室内に響く。

彼の指遣いに、さっきまでの優しさはない。荒々しく天音のナカを暴《あば》いていく。

「っやぁ……！　ちがっうのぉ……！」

彼の指が出たり入ったりを繰り返すたびに、ビクビクと揺れる体をどうにかしてほしい。

天音は思わず、目の前にあった大輔の頭を掴《つか》んだ。

しかし大輔は天音に構わず、触れるだけの軽いキスを胸に落とす。

そのかすかな刺激にさえ、今の天音は震えてしまう。思いがけず、彼に向かって胸を突き出す格好を取ってしまった。

「なに？　こっちもいじめてほしい？」

大輔は満足げに息を吐きながら、天音の胸の先端を口に含んだ。

「ふあっ!?　は、っぁあんっ……！」

大輔の舌が、コロコロと先端を転がした。

秘所に差し込まれている指は、さらに激しさを増す。

天音は迫りくる強烈な快感の波に、必死で抗《あらが》う。

「やあああんっ。牧戸さんっ……だめぇ」

一旦、この快感の嵐を止めてもらわないことには話もできない。

まずはきちんと事情を話して、身の潔白を証明できてから彼を受け入れたい。

必死で彼を押しとどめようとするけれど、その態度は逆に大輔を煽《あお》ったようだ。

「嫌《いや》じゃない。イイって言えよ」

ぐちっぐちっと次第に大きくなっていく水音に、天音は理性を保てなくなっていく。

「ちがっ……！　聞いて！」

天音の目から流れ出した涙を見ながら、大輔は苦しそうな顔をする。

「事情はもう十分わかってる。天音にはもう、辛い想いはさせない。辛いことは俺がすべて引き受けるから、昨日みたいにもっとしてって言えよ。俺に溺れろよ！」

天音の足が、ぐいっと突然持ち上げられる。それと同時に、彼女のナカで暴れまわっていた大輔の指が引き抜かれた。

しかし、ホッとしたのも束の間で、大輔の顔が天音の秘所に埋《う》まる。

「やっ……！　嘘、だめだめっ……んぁっ、だっ、めぇ！」

彼が、天音の花芽にキスをする。

天音は、恥《は》ずかしさのあまり大輔の頭をポカポカと叩く。しかし彼は、そんな天音を無視して秘所に舌を這《は》わせ始める。

花芽を優しく転がすように舐めて、ぷっくり膨らんだそこに、愛おしげにまたキスをする。

そして舌は襞を掻《か》き分けて、蜜が溢《あふ》れるその場所へと到達する。

「あっ……あっ、ぁっ……そこ、……そこ、やぁぁ」

――そこがいい。もっとして！　と口走りそうになるのを押しとどめて、天音は必死に首を横に振る。

快感で頭がクラクラする。

もう誤解などどうでもいいから、イカせてとねだってしまいたい。

大輔も、そんな天音の心情を察してか、花芽にもう一度キスを落として顔を上げる。

「嫌《いや》？　やめてもいいの？」

意地悪な言葉に、天音は涙を滲《にじ》ませる。

彼は天音の両太腿《りょうふともも》を肩に担ぎ上げ、親指で秘所を広げたり閉じたりさせた。

そのたびに、くちゃっくちゃっと卑猥《ひわい》な水音が鳴る。それはまるで、天音が欲しがっている心の声そのもののようだ。天音は堪《たま》らず、羞恥《しゅうち》に顔を熱くする。

「いじっ……わる、ですっ……！」

天音はもう、全身が熱かった。多分、顔も真っ赤になっていて、天音の気持ちは大輔に手に取るように伝わってしまっているだろう。それが恥《は》ずかしくて、天音はわざと大輔を睨《にら》んだ。

――本当は、体中がぞわぞわして、触れてほしくて仕方がない。

しかし唇を引き結んで大輔を見上げた。すると大輔は「参った……そんな可愛い顔するなよ」と小さく呟《つぶや》いて、天音に優しいキスをする。

「天音、好きだよ」

大輔は両手で天音の頬を包み込んで、コツンとおでこをぶつける。

天音が視線を上げると、目の前には自分を見つめる真剣な目があった。

さっきにも増して、天音の顔に熱が集まる。

天音は一瞬、夢を見ているのかと思った。

――牧戸さんが、私を、好き……？

信じられない。彼が天音のことを好きになるはずがないと諦《あきら》めていた。たまに優しくしてくれることはあったけれど、年の差もあるし、ただの若い部下としか思われていないと思っていた。

それに彼には寿退社《ことぶきたいしゃ》すると勘違いされ、トドメを刺されてしまったとばかり……

目を見開いて、大輔を見つめ続ける。すると大輔は、苦笑を漏らした。

「今、初めて聞いたみたいな顔するなよ。昨日の記憶、まったくないんだな」

天音は震える手を、彼に向かって伸ばした。

特になにかをしようとしたわけじゃない。ただ、ここにいる大輔が本物かどうか、触って確かめたかっただけだ。

大輔は伸びてきた天音の手をとって、掌《てのひら》にキスをする。

その感触にびくりと体が震えて、忘れそうになっていた疼《うず》きが戻ってくる。

「天音。ちゃんと責任は取る。望まない縁談も、俺がぶち壊してやる。だから、俺を受け入れて？」

……ん？「望まない縁談」って、なんのことだろう。

そういえば、先ほどもそんなことを言っていた。

天音が他の誰かを好きになり結婚するわけではない、というのはきちんと伝わっているようだが、まだ勘違いされているような……

それなりに大きな違和感はあったが、天音はもう胸がいっぱいだった。

彼が言っていることの意味をしっかりと捉《とら》えられないまま、頷《うなず》いてしまう。

好きな人が、自分を好きだと言っている。

決して叶わないと思っていた恋が、実った。

知らず知らずのうちに涙が滲《にじ》んでいたようで、大輔が困ったような顔をして、天音の目元に唇を寄せる。そうしてキスで涙を吸い取ってくれた。

「いくよ?」

そう言ってから、ずんっと大輔自身が入ってきた。

少しの痛みと……圧倒的な快感。

ジンジンと疼《うず》く秘所は、大輔の熱さを丸ごと呑み込んで、嬉しそうに絡みついていく。

頭がうまく働かないまま、突然入れられてしまったのに、天音は悦《よろこ》びだけを感じた。

憧れてやまなかった大輔が、自分を求めてくれている。彼も自分のことを、憎《にく》からず想ってくれている……と考えてよいのだろうか。

——嬉しい、嬉しい。嘘みたいだ。

一度だけでも、こんな風にされてみたいと思っていた。格好悪く縋《すが》るのが恥《は》ずかしくて、諦《あきら》めのいいふりをして誤魔化《ごまか》していた。プライベートの連絡先さえ聞かずに別れるつもりだった。

涙で滲《にじ》んだ視界には、天音を熱く見つめる大輔が映っている。

「天音、愛している」

「わた……しも」

きちんと話をしなきゃいけないことなんか吹っ飛んで、大輔の告白にだけ意識が向かった。

彼の言葉と表情を見ていたら、天音のナカが、きゅうっと収縮する。

天音の返答に満足した様子で笑った大輔は、啄《ついば》むようなキスを降らせた。

キスをされるたびに、胸がキュンキュンして、体の奥がうごめく。

「そんなに……締め付けないでくれるか？　もたないだろ」

ため息交じりに大輔が言うけれど、天音にはなんのことかよくわからない。

とにかく気持ちよくて、彼が自分のナカにいることをもっと感じたくて、天音は大輔に抱き付いた。

「好き」

――それは、言わないと決めていた言葉。

彼の胸の中で言うことができるなんて、思ってもみなかった。

「好き。――好き」

口にできることが嬉しい。本当は、彼に伝えたかった。

拒絶されるのが怖くて、言わないほうがいいと、無理やり気持ちを押し込めていた。

好きの気持ちが溢《あふ》れすぎて、天音の目からぽろぽろと涙がこぼれた。

すると大輔の眉根が苦しそうに寄る。

次いで彼は、小さな声で叫んだ。

「天音――もう、手加減できない。悪いっ……！」

一気に奥まで突かれて、一瞬息が止まる。そして、彼が引き抜かれたと思ったら、またすぐに入ってくる。

「あっ、あっ……！　だめ、はげしっ……！」

背筋に快感が走り、全身の毛が逆立つ。

天音は、大輔の背中に必死で掴《つか》まっていた。そんな天音を、彼は逞《たくま》しい腕でしっかりと抱き締め、激しく抽送《ちゅうそう》する。

しばらく続けた後、ひときわ強く腰を打ち付けた。

その瞬間、天音の体をビリッと電気が走り抜ける。すぐに全身の力が抜けて、ベッドに体を投げ出した。とてつもない気怠《けだる》さが襲ってきて、もう指さえも動かしたくない。

そんな気持ちでぼんやりしていると、大輔がくっと笑う。それから、ずるりと彼自身を引き抜いた。

その感触をダイレクトに拾ってしまった天音は、急激に恥《は》ずかしくなる。重い腕をなんとか動かし、シーツを手繰《たぐ》り寄せて体を隠した。

「今さら」

そう大輔に呟《つぶや》かれるけれど、羞恥心《しゅうちしん》をなくしたら終わりだと思う。

天音がそんなことを考えていると、大輔は、ほう、と大きく息を吐いて言う。

「天音も俺が好きなんだろ？　だったら、好きでもない男との結婚なんてするなよ」

――そういえばそうだった。その誤解、解かなきゃ！

天音は目を見開いて、慌てて首を横に振りながら、口を開こうとした。

しかし彼女の言葉を聞く前に、大輔は天音をまたベッドに縫い付ける。

「――なんで？」

その声は明らかに怒りを含んでいる。今の天音の態度が、また大いなる誤解を生んだのだとわかった。

「あっ！　ちょ、待ってくださいっ。結婚は違うの！」

慌てて叫ぶけれど、残念なことにまたも言葉が足りなかったようだ。

大輔はさらに怒りを深くした様子で、イッたばかりの秘所に指を差し入れてくる。

「んあっ。もう、だめぇ。結婚相手は……あぁっ！」

『いないの』と続けようとしたのに、太い指が的確に天音の快感を引き出して、しゃべり続けることができなかった。

「セックスと結婚は別とでも言うの？　俺たちはこんなに愛し合っているのに。……すべてを捨てて、俺についてこいよ」

――違う！　大きく違う！

「ちが……ちがう、から、もう抜いてぇ」

はくはくと一生懸命に息継ぎをしながら話す天音を、大輔は辛そうな表情で見下ろす。

「お互い同じ気持ちで、体の相性だって最高なのに」

とにかく、ゆっくりと話をさせてくれれば簡単に解けるはずの誤解なのに、どんどん根深くなっていっている気がする。

「それでもまだ、俺以外の奴と結婚するつもりなのか？」

耳元に唇を寄せてしゃべる彼の声に、胸の高鳴りが抑えられない。

もう、話の内容が頭に入ってこない。彼の甘いささやきと吐息のせいで、天音の体はまた快感に支配されていく。またもナカで激しく動き始めた指に翻弄《ほんろう》された。

耳をかじられて、天音は震える。

「それ、だめえ」

その様子を見て、大輔はニヤリと笑った。いたずらを思い付いたような顔だ。

――その表情、好き。

涙で霞《かす》んだ視線の先にいる彼を、きゅんとしながら見上げる。

「俺以外ではもう満足できなくなるくらい、快感に溺れさせてやる」

この言葉に、天音は固まる。

――これ以上の快感って……！

戸惑っているうちに天音の足が左右に大きく開かれ、屹立《きつりつ》をズブズブと埋《うず》められる。

「やぁっ……嘘っ」

蜜で溢《あふ》れたその場所は、彼を悦《よろこ》んで迎え入れた。柔らかく、彼を包み込む。

「二度目は、もっと長くもつから……失神するほど満足させてやるよ？」

――今でも十分満足してます！

言い返したいのに、天音の口から出るのは、甘えたような喘《あえ》ぎ声だけだ。

「そうすれば……田舎にいる結婚相手と別れる気になるだろ？」

相手の男と別れる気になるもなにも、ないんです。だってそんな相手、いないから！

「そんな気に、ならなっ……！」

快感に抗《あらが》いながら、必死に言葉を紡ぐ。

すると大輔は、きゅっと眉根を寄せ、「まだ言うのか」とため息を吐いた。

大輔は挿入したまま、天音の蕾《つぼみ》を摘《つ》まむ。

「ふあっ⁉」

びりびりっと電気が全身を駆け抜けたようになって、天音の体が跳ねる。

「――だったら、体にわからせて、その気にさせるまでだ」

ぐいっと両足を持ち上げられて、そのまま大輔の肩に担がれてしまった。

「言えよ、結婚相手とは別れる、俺と結婚するって」

言うが早いか、ずんっと大輔の切っ先が最奥を抉《えぐ》る。

両足を持ち上げられているせいで、今まで以上に奥まで届いてしまう。それにこの体勢だと、彼がナカに入っていく光景が丸見えだ。

その様子はひどく卑猥《ひわい》だった。

天音のナカは、逃がさないというように彼に絡みつく。そして彼は、もっと乱れろと言わんばかりに激しく突き立てる。

恥《は》ずかしいのに、その光景から目が離せなかった。

「ほら、気持ちいいだろ？」

昨夜もこうされると悦《よろこ》んでいたと、大輔は低い声でささやく。

「こうされて、もっともっとって啼《な》いていたじゃないか。なあ？」

昨夜の痴態《ちたい》を披露《ひろう》されながら、息もできないほどに激しく突かれて、天音の思考は蕩《とろ》けていく。

「俺を好きだと言って啼《な》いていたじゃないか。もう一度言ってくれ……」

切なげに見つめられて、天音の胸が疼《うず》く。

寿退社《ことぶきたいしゃ》するというデマが広がっていくのを、諦《あきら》めて放っておいた後悔が蘇《よみがえ》る。

――ああ、最後まできちんと否定し続ければよかった……！

「大丈夫。望まない結婚なんてさせない。俺がご両親に話しに行くから」

大輔の決意したような声を聞き、現実に引き戻された。

結婚するなんて事実はないのに、思いつめた表情の彼が突然実家を訪ねたりしたら両親と兄夫婦は「なんじゃそら」と言って仰天《ぎょうてん》するだろう。……あまりにも居《い》た堪《たま》れなさすぎる。

珍妙で気まずい光景を思い浮かべた天音は、激しく「ダメ！」と叫んだ。

誤解を解かないと大変なことになってしまう！

天音が慌てて大輔に手を伸ばすと、その手を苦しそうに握った彼が呻《うめ》く。

「まだ、言うのかっ……！」

大輔は、天音の膝を折り曲げさせてぐいっと押し、己を深々と突き刺した。

「んあああぁっ」

「もういい。話を聞く気はなくなった。天音は、おかしくなるほど感じればいい」

目を眇《すが》めて笑う彼は、壮絶に怖くて、色っぽい。

そんな彼に、天音は自分の状況も忘れて見惚《みと》れた。天音の視線から、その心情を察したらしい彼は、さらに笑みを深めた。

そして天音は声が嗄《か》れるまで啼《な》かされ、あそこが痛くなるくらい突かれ続ける。

最後には息も絶《た》え絶《だ》えで、ようやく解放された時には、安堵《あんど》の涙を流しながら気を失ったのだった。

6

天音は、お腹がすいて目を覚ました。

室内には日の光がさんさんと差し込んでいるので、もう昼近くになるのだろうか。

時間を確認しようとして、腕以外、動かないことに気が付く。

――下半身が有り得ないほどに重い、こんな疲労感は初めてだ。立てる気がしない。

そんな体調も相まって、もっと寝ていたいと思ったけれど、睡眠を上回る欲求に駆られる。

「お腹すいた……」

呟《つぶや》いた途端、ぐ〜っと、お腹が呑気《のんき》な音を立てる。

すると隣から、笑い声と一緒にガサガサという音が聞こえた。

「ああ。だろうと思ったよ。好きなの食え」

そう言って渡されたのはコンビニの袋。中にはおにぎりや菓子パンが、たくさん入っていた。昨日の夜、天音をお持ち帰りする前に、朝ご飯用に買ったという。

天音は「お持ち帰り」という言葉に過剰反応し、思わず顔が熱くなる。

顔を隠すように少し俯《うつむ》いて袋を受け取りながら、きちんと話をするなら今しかないと思った。

大輔は今、天音の隣で体を起こして枕に背中を預けている。

これまではずっと天音が言いかけるとすぐさま組み敷かれ、話せないほどの快感を与えられてしまった。しかしこの体勢なら、もしも同じ展開になったとしても数秒の余裕がある。

勝負は一瞬。

「嘘なんです……！」

天音は大輔に遮《さえぎ》られないように叫んだ。

さんざん喘《あえ》がされ、すっかりしゃがれてしまった声で、天音はようやく伝えた。

ほうっと安堵《あんど》のため息を吐く天音を訝《いぶか》しげに見ながら、大輔は首を傾《かし》げている。

「なにが？」

「だから、あのっ……んんぅ？」

天音が続きを話そうとしたのに、突然口をふさがれて、強く抱き締められた。

「俺のことを好きだって言ったのは嘘だって言う気？」

「いや、だからっ――んむっ」

――ええい、人の話を最後まで聞かんか！

いい加減イライラして、腕を伸ばして大輔のうしろ髪を引っ張った。天音は今、空腹も手伝って気が立っている。

「痛っ……！」

大輔がそう叫び、ようやく離れてくれた。天音はすかさず、逆に大輔を拘束《こうそく》するように彼の腕に抱き付く。

そんな場合じゃないのに、逞《たくま》しいな、なんてドキドキしてしまった。

しかし一瞬で我に返り、大輔の腕が動き始める前に早口で叫んだ。

「結婚するっていうのは嘘なんですっ！」

「――は？」

案の定、大輔は気の抜けた声を上げた。

天音は彼を、そうっと見上げる。

そこには、ぽかんとした表情の大輔。天音を襲おうとする素振りは見られない。

天音はひと息吐いてから、しっかりと言葉にした。

「結婚相手なんて、いません」

すると大輔の右の眉だけが上がって、驚いた顔をする。

「あの、最初から説明するので……説明できなくなるようなことしないで、最後までちゃんと聞いてくださいね」

真実を話そうとするたびに、今までさんざんされたことを思い出し、頬が熱くなってしまう。

そっと大輔の腕を放して、シーツに肩までくるまって彼を見上げる。

大輔は訝《いぶか》しげな顔をしながらも、じっと天音を見ていた。

自分の隣に横たわる裸の彼を改めて見てしまい、頬だけでなく全身が熱くなっていく。

思ったよりも筋肉質な体に、視線が吸い寄せられる。

「天音の言うとおり、ちゃんと説明を聞くから、煽《あお》るのは話が終わってからにしてくれ」

「煽《あお》ってません！」

反射的に答えると、大輔は「そう？」と言いながら天音の頬を撫でる。

彼の優しい手つきにうっとりし、自然と笑みがこぼれた。

でも今は、幸せな気持ちに浸っている場合じゃない。天音はようやく、本当のことを最初から説明できた。

——勘違いされてしまったきっかけ、田舎に帰る本当の理由、それから、デマが広がっていくのを、なぜ放っておいたのかも。……恥《は》ずかしいから、誤解した大輔に結婚を祝われたのが悲しくて自暴自棄《じぼうじき》になったことは伏せておいたけれど。

「とんでもないデマが広がっていると気付いた時には、すでに否定してもまったく信じてもらえない状態になっていたんです」

ため息交じりに呟《つぶや》くと、大輔が呆《あき》れた様子で言った。

「それはお前が、気付くのが遅いからだろう」

——ごもっともです。

反論できずに、天音は心の中だけで少し拗《す》ねた。

「そもそも、付き合っている男性もいません」

母が全快したら、またこちらに戻ってきて、派遣会社にお世話になるつもりだと話した。もちろん、派遣会社にもその旨を伝えてある。

「誤解させてしまって、すみません」

シーツにくるまったままでは格好がつかないなと思いながらも、ぺこりと頭を下げた。

大輔は返事をせず、なにかを考え込んでいる。

天音は彼が怒っているのかなと思い、身をすくませた。

するとチラリと視線が降ってきたので、ぴっと背筋を伸ばす。

「昨夜のあの呑みっぷりは、ヤケ酒だったのか」

――ヤケ酒。そう、ヤケ酒です。デマが広まってしまったこと自体も悲しかったけれど、ずっと好きだった人もそのデマを信じて、祝福されてしまったことでヤケになっていたのだ。

触れられたくない方向に話が向かいそうな空気を察し、逃げたい気持ちを我慢して頷《うなず》いた。ここで妙な行動を取ったら、全部話すハメになる。それは……今さらながら、かなり恥《は》ずかしい。

「そうか……好きでもない相手と、無理矢理結婚させられそうになっているわけじゃないんだな。よかった」

ホッと息を吐きながら呟《つぶや》かれた言葉を聞き、胸が甘く疼《うず》く。

彼が自分のことを心底心配してくれていたのだと感じ、温かい気持ちになる。

しかし、そんな風にじーんとしていられたのも束の間。とんでもない羞恥《しゅうち》爆弾を落とされた。

「ところで今、付き合っている人はいないって言ったが――俺と天音は付き合ってないの？」

――え！　それって、どういうこと!?

突然の問いかけにフリーズし、返事ができず押し黙る。

これは……むしろ、どう答えるのが正解なのか教えてほしい。昨晩のことをまったく覚えていないため、なんと言っていいのかわからない。

しばらく一人でグルグルしていたら、シーツごと体を抱き寄せられる。

「天音？」

甘さを含んだ声に、天音は全身が燃えてしまうんじゃないかと思うほど熱くなる。

「昨夜俺に、好きだ好きだと言って迫ってきたのは本心？」

――まったく記憶にない。

天音の耳元に顔を寄せている大輔は、前髪が落ちていて普段と少し印象が違う。いつも格好いいのに、さらに今の彼はなんだか野性的な魅力に溢《あふ》れている。

この色っぽい大輔を相手に、昨晩の自分は本当に告白まがいのことをしたのだろうか。

それも信じられないが、深酒をして彼に絡み、質《たち》の悪い酔っ払いの世話をさせたなんてことも信じたくない。信じたくはないが……自分の気持ちを伝える云々《うんぬん》の前に、まずは非礼を詫《わ》びるべきだ。

天音は居住まいを正した。

「すみません……」

今は、とにかく謝ることしかできない。酔っ払いの面倒を見させてしまったのだ。

消え入りそうな声で謝ると、大輔が怒った声を出す。

「そんなことが聞きたいんじゃない」

目を逸《そ》らして逃げようとする天音の頬に手を添えて、大輔が聞く。

「昨晩、俺のことを好きだと言っていたのは酒の勢い？　本気？」

そう聞かれ、ますます後悔の念が押し寄せる。

本気じゃないと疑われるような状態だったということだろう。そんな告白、なかったことにしたほうがマシだ。こんな不誠実な自分は、彼にふさわしくない。彼のことが好きだからこそ、ここは潔《いさぎよ》く身を引いたほうがいい。

「酔っ払いの戯言《たわごと》だと……」

俯《うつむ》いてしまいそうになった天音の顔を、大きな手が挟み込む。

大輔は、誤魔化《ごまか》すのは許さないとばかりに、鼻先が触れ合うほどの距離で見つめてきた。

「天音。俺のこと好き？」

「あ…………う……ぅ」

天音は言葉を詰まらせて、どうにかこの状況を脱せないかと視線を巡らせる。

その様子を見た大輔は、逸《そ》らした天音の視線をことごとく追いかけ、目を合わせてくる。そうしてニヤリと口の端を上げ、わざとらしくため息を吐いた。

「そこで口ごもる意味がわからない」

……完全に、からかわれている。

ついさっきまで、大輔は本当に天音の気持ちがわからず問いかけているのだと思っていた。でも違う。天音の気持ちなんてとっくにわかっていて、言わせようとしているのだ。

天音は少しムッとして、彼の顎《あご》をグイッと押し返した。

——こんな状態で、なんで意地悪するかな！

天音は悔し紛れに大声で叫んだ。

「スッピンで、二日酔いで、素っ裸な上に空腹の状態では、本当の気持ちなんて言えません！」

——なんて女心のわからない奴だ！

なかば八つ当たりだ。ブンブンと頭を振って、彼の手から逃れシーツに潜《もぐ》り込む。

事の最中に、一度は気持ちを伝えたのだ。改めて言うのならば、綺麗《きれい》な状態で言いたいに決まっている。決して今ではない。

「なんだそりゃ」

頭上で、笑い声が聞こえた。

彼の笑顔が見たくて、そっとシーツから目だけ出す。すると、それに気付いた大輔の腕が伸びてくる。

笑いながら抱き締められて、逞《たくま》しい胸板におでこがくっつく。

天音の頭の上に、大輔の顎《あご》が置かれた感触があった。

「じゃ、とりあえず空腹をどうにかしようか」

つむじに柔らかな感触があたって、キスされたのだと感じた。

天音はムズムズする気持ちを我慢しながら、袋の中からパンを取り出す。

大輔はその間、天音の髪を梳《す》き続けていた。

「服も着たいです……」

「ああ。でも服を着るのは、一緒にお風呂に入ってからね」

「…………はい?」

——なんですと?

思わずポカンと口を開けて、彼を見上げる。

「服を着るなら、風呂に入ってからのほうがいいだろう? でも、今の天音は一人じゃ動けない。俺がしっかりと隅々まで洗ってあげるから」

「いやいやいやいや」

「その後、しっかりと服を着せて、まあ、化粧もできるとこまでしてやるよ」

「待て待て」

「天音の気持ちは、その後でしっかりと聞かせてもらうから」

そう言った時の大輔の笑顔は、さっきまでとは打って変わって天音の見慣れたものだった。

それは仕事中に見かけた——厄介《やっかい》な交渉事を円滑《えんかつ》に進める時の、相手に有無《うむ》を言わせぬ笑顔。つまり、にこやかなのに目が笑っていない、というやつである。

「わかりました。……じゃあ、ざっくりかいつまんで！」

順を追って、包み隠さず話すのは恥《は》ずかしいから、逃げ道を作ったつもりだった。しかし大輔は首を縦に振らない。

「いいや、洗いざらい全部」

天音は、食べようとしたパンを両手に握り締めたまま固まる。すると大輔は、彼女の顎《あご》を捕らえて言った。

「一から十まで、すべて聞かせろ。その後はまた……俺の気が済むまで付き合ってくれるよな？」

——まだする気⁉

天音は一瞬、気が遠のいた。

だけど同時に、きっと逆らえないこともわかってしまう。

「お……お手柔らかにお願いします……」

その返事に、大輔は満面の笑みでこう答える。

「もちろん」

——二人を結びつけたのは、最低最悪の勘違い。

絶対に、叶わない想いだと諦《あきら》めていた。けれど、勢いとはいえ自分の気持ちを伝えられ、彼も同じ気持ちでいてくれたのだと知らされ……思いもよらない幸せを手にした。まったく人生とはわからないものだ。

天音は朦朧《もうろう》とする意識の中、彼の逞《たくま》しい腕に抱かれながら、そんなことを考えた。

第二章　略奪婚？

1

牧戸大輔が天音の上司となったのは、三年前のことだった。

在庫管理や打ち合わせで使う資料作成の手伝い、コピーやお茶汲みといった雑務を担《にな》うサポーターとして、大輔が率いるグループに配属されたのが彼女だ。

当時の天音は社会人二年目の二十二歳。若くて可愛い女の子が入ったと、周りが騒いでいたことを思い出す。

その頃の大輔は、新しく編成されたこのグループのリーダーになったばかりで、天音の容姿よりも彼女の仕事ぶりのほうが気になっていた。別な会社で二年間の社会人経験があるそうだがまだ若く、前職はうちとは異業種と聞き、最初は随分《ずいぶん》心配したものである。しかし天音は、大輔の心配をよそに、なんでもすんなりと器用にこなしていた。

一度聞けば大体のことは理解し、テキパキと仕事を終わらせていく。

ミスはそれなりにあったが、同じ失敗は繰り返さない。

とても素直な性格で、思っていることが表情に表れるタイプである。嬉しい時は素直に喜び、悲しい時には目を潤《うる》ませてしゅんとする。

それ自体はよいことだが、注意した時に泣きそうな顔をされると、なんだか自分が悪いことをしたみたいに思え、少し居《い》た堪《たま》れない気持ちになった。

そして褒めた時に見せる笑顔は、なかなか可愛い。

五つも年下の女の子にドキドキさせられているのが悔しくて、一度、飲み会の席で彼女をからかったことがある。

『お前、褒めると本当に嬉しそうにするよな』

真っ赤になって慌てふためく姿を想像していた。それなのに彼女は……

『牧戸さんに褒められると嬉しいです！』

と、さらりと言ってのけたのだ。そんな風に返されると、こっちが照れてしまう。

しかもその時の天音の言葉が妙に頭に残り、どういうつもりでそう答えたのか、と悶々《もんもん》と考えるハメになった。

きっとその時の彼女は、『怖いけど尊敬する上司』くらいにしか、大輔のことを考えていなかっただろう。大輔は部下に甘いタイプではないので、たまに褒められると嬉しいと、ただそう思っていただけに違いない。

――今にして思えば、この頃から大輔の心には、天音が住みついていた。

でも、その時はまだ、彼女に対する自分の想いには気付いていなかった。

天音が来てから、大輔のグループの成績はぐんぐん上がっていった。

丁寧で素早い彼女のサポートのおかげで、仕事が格段に早くなったことも一因だ。

天音は、誰になんの資料が次に必要かを自分で判断して早め早めに準備をしてくれた。時には、新企画の提案のようなこともやってのけた。見積もりや伝票の処理、商品の納品手続きも早い。

仕事がどんどんスピーディーに回り、グループ内は充実感に溢《あふ》れていた。

――大輔はこのことに満足し、いつしか天音に頼りきりになっていた。上司として情けないことに、

彼女は、天音がいっぱいいっぱいになっているのを見落としていたのだ。

彼女は、入社したばかり。日々の業務はこなせても、決算期に入りイレギュラーな案件が重なれば対応できないのは当たり前だった。

天音の状態に大輔が気付いたのは、とある日の終業時間後。

いつもならばできあがっているはずの請求書が、その月は月末ギリギリになっても提出されていないためだった。

大輔は不思議に思い、いつもそれらの書類を作ってくれている天音を見る。

すると彼女は、切羽詰《せっぱつ》まった顔で、必死でキーボードを叩いていた。

唇を引き結び、今にも泣き出しそうな表情で書類を作る彼女。

どうしたのかと思って周囲を見回し――彼女の机に積まれた請求書の山を確認して、納得する。

新人の天音が、到底《とうてい》一人で処理しきれる量ではない。

そして彼女は、周りに対して手伝ってほしいと言えず、一人で抱え込んでしまっている様子だっ

た。自分の仕事が遅いのが悪いとでも思っているのか、他の社員が帰っていく姿を見もせず、ただパソコンと格闘し続けていた。

時刻はもう、七時を回っている。

残っている社員はもう数人だ。

この状態の彼女を、放っておくわけにはいかない。しかし、掛ける言葉は慎重に選ばなければ。

仕事がまだたくさん残っていることを咎《とが》めたように感じられてしまっては、天音のプライドを傷付けるだろう。

――さて、どうするか。

いい案が浮かばないまま立ち上がると、一瞬、天音が大輔を見た。

その縋《すが》るような視線に、思わず側まで行き頭を撫でてしまう。

――しまった。セクハラだ。

ハッとしたけれど、そのまま彼女を覗き込んだ。

「手伝おう」

そう言った途端、彼女の顔がホッとしたように緩み、そして歪《ゆが》んだ。その表情は、必死で泣くのを我慢しているようだった。

「頑張っていることは、わかっているから。任せきりにして、すまん」

大輔はそれだけ言い、机の上にある請求書の山の一角を崩して持ち、自分のデスクへと戻った。

今の天音に『これだけの量を、一人で処理できるはずがない』とか説明しても、多分素直には受け取れないだろう。なにより、きちんと部下を管理しきれなかった自分が悪い。

繁忙期《はんぼうき》を過ぎたら、改めて天音に謝ろうと考えながら黙々と請求書を片付ける。

すると、小さな声でお礼が聞こえた。

彼女のほうをチラリと見たら、天音と目が合う。彼女は、さっきまでと違って落ち着いた表情をしていた。大輔は嬉しくなり、軽く笑みをこぼした。

辛そうな顔は、彼女に似合わない。いつも笑っていてほしい。

自然と、そんな風に思った。


――この時にはもう、大輔は天音にはっきりと惹《ひ》かれていたのだと思う。

素直な笑顔と言葉。

人を頼らず解決しようとする強さと、それ故の弱さ。

誰かに助けを求めるのが苦手な彼女だけど、せめて自分を頼ってほしいと思った。

いや、自分にだけ弱さを見せてくれればいいのに……

いつの間にか大輔の心に、歪《ゆが》んだ独占欲が生まれていた。

とはいえ、彼女は自分の部下。おまけに五歳も年下だ。

大輔が想いを告げるのは、悪くすればパワハラになりかねない。

……とかなんとか悩んでいる間に早三年。

悩みすぎだと、自分でも思う。

そして、もう三十歳になるし、ここらで覚悟を決めて天音に想いを伝えたいと思っていた矢先。

派遣社員との契約は終了するという、会社方針が発表された。

いろいろと思うところはあるが、こうなれば彼女たちの最終出勤日が告白のタイムリミットだ。

天音が強制的に同じ職場でなくなる。考えようによっては、いいタイミングかもしれない。

もちろん想いが成就《じょうじゅ》するのが一番だが、大輔の告白を断っても不都合はないと彼女も思えるだろう。

そうと決まれば、告白のシミュレーションだ。

まず、しかるべきタイミングで彼女を食事に誘う。間違っても、会社の飲み会と勘違いされないように、二人きりで話せる時を狙うのも重要だろう。

それから当日、ムードのある店で、いい雰囲気になったところで……

——そんなことを考えていた自分のバカさ加減に呆《あき》れる。

大体、一緒に働いてきた三年間「いい雰囲気」になったことなんかないのに、どうしてそうなれると思えたのか。

天音は大輔のことを、ただの上司としか見ていない。

嫌われてはいないと思う。時折、彼女の視線を感じることがあったし、目が合うと恥《は》ずかしそうに顔を逸《そ》らしたりする仕草を見たこともある。

とはいえそれは、恋愛感情からくるものではないだろう。以前、天音から「尊敬する上司」と言われたことがある。彼女にとって自分はせいぜい、好ましい上司程度だということは自覚している。

嫌われていないとわかっていたなら、せめてこの三年間、彼女に自分を意識させるよう努力するべきだった。

大輔にだってそれなりの恋愛経験はあるのだし、大人の魅力とかそういうものも総動員して、アプローチを仕掛ければよかったのである。

しかしもう、徐々に意識させて距離を縮めて……なんて呑気《のんき》にやっている暇《ひま》はない。

だから、さっさと告《こく》ってしまえばよかったのだ。

告白さえ、できなくなる前に。

2

あれはたしか、派遣社員の契約を終了すると公表されて、ひと月が経った頃。

ある日の休憩時間に、グループ内の正社員たちと話している時だった。

「ああ～……あと数ヶ月後には、中村さん、もういないんだよなぁ」

一人が大きなため息と共に言った。

「うちのグループの雑務は、彼女がほとんどこなしてくれていたのに、来年度はどうなるんだろう」

もう一人が、がっくりとうなだれる。

周りの人間も、気持ちがわかるとばかりに、うんうんと頷《うなず》く。

「うちの会社って今、中途採用してたよな。中村さん、試験を受ければいいのに。彼女なら受かるんじゃない？」

冗談交じりに誰かが呟《つぶや》いた。

大輔もそう思う。天音は即戦力だ。

「無理無理。田舎に帰って結婚するらしいぞ。ルンルン新婚生活だよ」

——今、なんて言った？

「え？　そうなの？」

大輔が言葉を失っている間に、他の誰かが問いかけた。

「ああ。知らない？　みんな噂してるよ。次の派遣先を提示されたけど断って、永久就職するんだって」

——天音が、結婚？

大輔は最初、冗談かと思った。天音が次の仕事を断り、田舎に帰るのだということは、本人から聞いていた。

以前、契約終了後はどうするのかと心配して大輔が聞いたら、『ちょっとゆっくりしてきます』と照れたように笑っていた。

『田舎に帰るって言っても、数ヶ月ですよ。母の体調が戻るまでなので』

——戻ってくるって、言っていたぞ？

「俺も聞いてないいな」

呆然《ぼうぜん》として呟《つぶや》いた大輔の声は、どうやら周りには怒っているように聞こえたらしい。

結婚話をしていた男が、慌てたように言った。

「どうやら、お祝いとかされたり、気を遣われるのが嫌《いや》で、誰にも言ってなかったらしいんですよ。それが、女友達から漏れ伝わったって話です。決して上司である牧戸さんを、ないがしろにしたってことでは……」

大輔のメンツを気にしてくれたようだが、そんなことはどうでもいい。けれど、そうと伝えるのも億劫《おっくう》なほど動揺していた。

「なるほどな」

そんな風に返事をして笑顔を見せながらも、頭の中は混乱状態だった。

——結婚？　いつからそんな相手がいたんだ？

実家に帰って、ということは、昔からの知り合いで、ずっと遠距離恋愛していたのだろうか。

そういえば大輔は、天音に恋人がいるのかどうかなんて聞いたことがなかった。なんとなく、いないものだと思い込んでいたのだ。

自分が情けなくて、乾いた笑いがこぼれる。

いつ告白しようかと、悩む必要などなかった。

最初から、大輔なんてお呼びではなかったのだ。

3

大輔がくさくさしている間に、天音の最終出社日はやってきた。

彼女と会うのは、今日が最後。当然、告白などできないまま、この日を迎えてしまった。

いつもと変わらない一日が過ぎ、終業時間を迎えた。

今日はこれから、グループ全員で送別会をすることになっている。

大輔は仕事が長引き、少し遅れて会場の居酒屋に入った。

店内を見回すと、主役の一人であるはずの天音が、隅っこで一人呑んでいる。

せめてこの時くらい彼女の近くの席に座ろうかと思ったのだが、入口付近で部下に捕まってしまい、それもできなかった。仕方がないので、遠くから彼女を観察する。

天音は極力目立ちたくないようで、席を動かず、もくもくと箸《はし》を動かし、酒を呷《あお》り続けていた。

そんな彼女のところに、入れ代わり立ち代わり祝福の言葉をかける者が現れる。しかし天音は軽く笑うだけで、話し込む様子はない。

天音は飲み会の間中《あいだじゅう》、ほぼ一人だった。

ずっと一緒に働いてきた上司なのだから、大輔のところに挨拶《あいさつ》に来るだろうと思っていたのだが、天音が来ることはない。

途中で一度だけ、彼女と目が合った気がしたが、それだけ。

もっとも、話す機会があったとしても、なにを話していいのかわからない。好きな相手が他の男と結婚するのを祝福するなんて御免《ごめん》だ。

結婚話を聞いた時に、上司として一言祝いの言葉を贈《おく》ったが、二度と言いたくない。

そんな具合で、天音のことが気にはなっていたのだが、一言も交わせないまま時間だけが過ぎていく。

飲み会が終盤に差しかかると、みんな席を動き回って、大輔のところにも次から次へと部下が挨《あい》拶《さつ》にやってくる。その応対をしているうちに、オーダーストップの時間がやってきた。

幹事が「みなさーん、一次会はそろそろお開きです！　二次会に行く人は次の店へ～！」と大声を上げる。

大輔も人の波に流されるようにして店外へと出た。

「二次会に行く人、こっちで～す！」

ほとんどの人間が、その声についていく。

しかし大輔は、これ以上呑む気になれなくて、今日はもう帰らせてもらおうと考える。

心に溜まった澱《おり》が、上手く吐き出せない。

今、自分はなにがしたいのか、どんな精神状態なのかが掴《つか》めない。

笑いたいのか、怒りたいのか、泣きたいのか。

自分の周りの空気が急に薄くなったように感じられ、息が苦しい。

暗い考えを振り払うように、首を一度振って顔を上げた。

そして二次会へと向かう人の波を見送りながら、ふと思う。

――天音はどこに行った？

一次会の最後のほう、彼女はかなり呑んでいた。あの状態で二次会に行ったとは考えにくいが、みんなに挨拶《あいさつ》もせずにさっさと帰る奴でもない。なにせ今日は最終日である。別れの挨拶《あいさつ》くらいあってもいいものだ。

大輔は首を傾《かし》げながら、ふたたび店の中に入る。

そこには、なにやら店員に絡んでいる様子の天音がいた。

「中村！」

声をかけると、天音が大輔を見る。

大輔は店員に謝ってから、天音の肩を叩く。

「おい。もう一次会は終わったから、帰るぞ」

天音はぼんやりと大輔の顔を見て、コテンと首を傾《かし》げる。

「帰ります？」

少し舌っ足らずなしゃべり方は、いつもの彼女の口調とは違う。ほとんど顔には出ていないけど、結構酔っているのだと思った。心なしか、フワフワと体が揺れている。

「ああ。まっすぐ歩けるか？――ちょっと触るぞ」

一応そう言ってから、肩を抱いて天音を歩かせる。

「ふやあぁ」

情けない声を上げて、天音がよたよたと歩く。

相当酔っているようで、全体重を大輔にかけてくる。重い。そして密着感が半端《はんぱ》ない。

――今の精神状態でこれは辛いな。

苦笑いしながら、天音を抱きかかえて店を出た。


外にはもう誰もいなかった。

天音も今日の主役の一人なのに薄情《はくじょう》すぎないか？　と、ちょっと思ったが、みんな相当酔っているようだったし、大勢いたので訳がわからなくなってしまったのだろう。

ともあれこの状況、どうしてくれようか。

大輔は誰か女性社員に、待っているよう声をかけておくべきだったと後悔する。

こんな状態の天音を一人で放っておくわけにはいかない。

大輔は、タクシーに同乗して送り届けようと考えたが、彼女の家がわからない。

「中村。お前、自分ちの住所言えるか？」

「ふあ～い」

住所を聞いても、気の抜けた返事があるだけ。

この状態では、家まで辿《たど》り着けそうにない。かくなる上は、どこかのホテルの部屋を取り、一人で泊まらせておくか。

そう説明しようと思い覗き込んだ彼女の顔は、とろんとしていて妙に色っぽかった。

――いやいや、待て俺。その思考回路はやばい。

邪《よこしま》な考えを振り払おうと、頭を振って深呼吸をする。

なんてことをやっている間に、天音がふらふらと歩き始める。

「こら。どこに行くんだ」

腕を捕まえると、不思議そうな顔で見上げられる。

「もう少し呑むんです～」

近くの飲み屋を指さす天音に、呆《あき》れてものが言えない。

これ以上呑んだら、動けなくなるのが明白だ。

「これ以上はダメだ」

進もうとする天音の腕を掴《つか》んで、駅前のタクシー乗り場へと向かう。

「いや～」

天音はバタバタと腕を振りながらも、それほど抵抗なく大輔の後をついてくる。

――ホテルもダメだ。この状態のまま一人で泊まらせるのは不安すぎる。抜け出して呑みに行きかねないし。

……他に安全を確保できる場所で、天音を泊められるのは…………

あれこれ考えるも、いい案は浮かんでこない。

……天音が安心して寝られる場所を、まったく思いつかないわけじゃない。ただそこは、大輔次第で安全にも危険にもなる。

しばらく逡巡《しゅんじゅん》した後、ため息を吐き出してから聞いてみた。

「俺の部屋に連れていっていいか？」

結婚を目前に控えた女性を、自分の家に連れ込むのはよろしくないとわかっている。もしそんなことが結婚相手にバレたら、大変なことになるかもしれない。天音が辛い思いをする結果を招く可能性だってある。

しかし大輔の心の中には、彼女を心配する気持ちと一緒に、全部壊れてしまえばいいという衝動《しょうどう》もあった。

とはいえ、合意もなしに彼女に触れるようなことはしない。そんなことをすれば、彼女を傷付けてしまう。

大輔は今日、理性を総動員して一夜を過ごそうと決心していた。

「牧戸さんの部屋？　行く行く〜！」

大輔の決意など知る由《よし》もない天音が、嬉しそうに笑う。

――わかっている。こいつは酔っ払いだ。

正常な思考回路が失われている状態。男の家に泊まることの意味なんて、考えられない状態なのだ。

けれど、無邪気《むじゃき》に喜ぶ天音を見ていたら、罪悪感が少し薄れた。

彼女と過ごす最後の日を、笑顔で終えられそうなのは嬉しい。

こうして二人はタクシーに乗り込み、大輔のマンションへ向かった。

マンションについてタクシーを降りた時には、天音の足取りはさっきより随分《ずいぶん》しっかりしていた。

それでもまだ少しフラフラしていたので、肩を抱いて歩き、部屋に招き入れる。

玄関をくぐりながら、女性を自分の部屋に入れるのは何年ぶりだろうと考えた。気付いたら天音が心に住みついていて……全然思い出せない。

久しぶりに招き入れたのが好きな女性で、しかしその人には結婚相手がいるなんて皮肉だなと、一人自嘲《じちょう》した。

そんな風に感慨《かんがい》に耽《ふけ》っている間に、天音はさっさと上がり込む。

「といれ〜」と言うので、一つのドアを指さすと、スキップでもしそうなくらいご機嫌で向かっていった。

大きなため息を吐いて、天音に酔い覚まし用の水を準備する。

そうして大輔が酔っ払いの看病をしてやろうとしていたのに、本人はどこ吹く風だ。

トイレから出てきた天音は、なんと服を脱ぎ始めた。

「それはダメだ！　お前はそのまま寝るんだ！」

慌てて彼女の服の裾を掴《つか》む。すると天音が、頬を膨らませる。

「おふろ」

——こいつをどうにかしてくれ！

叫びたい思いを押し込めて、首を横に振った。

「今日はお風呂に入らず寝るんだ」

「やだ～」

大輔がいろいろな感情を必死で押しとどめているというのに、天音はパタパタと風呂場に向かって走っていってしまう。

――ていうか、なんで風呂の場所を知ってるんだよ！

さっきトイレに行った時に見つけたのだろうか。

「こらっ！」

大輔はようやく天音に追いつき、捕まえる。

「やぁぁ」

嫌《いや》がる天音を引きずって、寝室のベッドの上に寝かせると――思いがけず、押し倒すような格好になってしまった。

ぐらりと理性が揺らぐが、大輔は目をぎゅっと閉じて、天音から離れようとした。

――というのに。

「んむっ!?」

突然、天音に抱き付かれ、口をふさがれた。

しかも天音は大輔の首に腕を回して柔らかな体を押し当て、何度もキスをしてくる。

大輔はしばらく固まっていたが、なんとか我に返る。

「こらっ！　誰と勘違いしてるんだ！」

慌てて引き離した。ちょっと惜《お》しいなんて思ったことは内緒だ。

多分、婚約者と勘違いしているのだろう。

「牧戸さん」

婚約者の名前を言うかと思ったが、天音ははっきりと大輔を呼んだ。

大輔だとわかっていて、キスをしたのか。

――だったら、もっとしていいのか？

そんなわけないだろうと、自分で自分にツッコミながら、天音の顎《あご》を掴《つか》んで持ち上げる。

これは牽制《けんせい》だ。ちょっと脅《おど》かして、近寄ると危ないとわからせるつもりだった。

それなのに……天音はうっとりした表情で大輔を見つめている。

「お前、俺が誰かわかってんの？　キスするぞ」

天音の顎《あご》から手を離し、眉間に皺《しわ》を寄せて言う。

しかし天音は、にへっと笑う。

「うん。して～」

天音の呑気《のんき》な返事に、暗い感情が湧き上がってくる。

だったら、我慢する必要などないではないか。婚約者なんて知ったことじゃない。自分が天音を幸せにしてやる。

……いやいや、いいわけがない。今の彼女は、相当酔っている。きっと明日目覚めたら、今夜のことを忘れているに違いない。そして後悔して泣かせでもしたら、自分が許せなくなる。

「中村。結婚するんだろう？　こんなのは、よくない」

「結婚なんて、しないっ！」

そう言って、天音は大輔にぎゅうっと抱き付いてきた。

その言動に驚き、大輔は一瞬、後頭部を強く殴られたような衝撃を受ける。

「え……、結婚しないのか？」

恐る恐る尋ねると、天音はしがみついたまま、イヤイヤをするように首を振った。

「好きな人がいるのに、するわけない！」

——これは…………どういうことだ？

戸惑う大輔をよそに、天音はなおも口を開く。

「牧戸さん、すき」

一瞬、時間が止まったかと思った。

——天音が、俺を、好き？

「中村は、俺が好きなの？」

「うん。好き。大好き」

——つまり天音は、なんらかのやむを得ない事情により、好きでもない相手と結婚せざるを得ない状況になっている、ということだろうか。

親にけしかけられ、仕方なく結婚する？　それとも、家の事情も絡む政略結婚ってやつか？

いずれにしても、天音がこの結婚を望んでいないのは確かなようだ。

そして天音が本当に好きなのは――大輔。彼女も自分を望んでくれている。

さっきまでの暗く沈んでいた気分から一転、大輔の心は幸福感に包まれた。

すでに決まっている結婚を破棄《はき》するのは、一筋縄じゃいかないかもしれない。それでも、自分の好きな女性が不幸になる姿を見過ごすのは嫌《いや》だ。自分の手で幸せにしてやりたい。

天音の両親と相手方には、自分が謝罪する。

結婚を取りやめるにあたってなにか問題があるならば、一緒に解決しよう。

大輔は誓いのキスのように、そっと触れるだけのキスを落とした。

「もっと」

耳元で、天音が艶《つや》っぽくささやく。

大輔は誘われるままにまた口づけて、深く深く天音の唇を貪《むさぼ》った。

「んっ……あ、はぁっ」

天音の口から甘い声が漏れる。

天音は体をくねらせ、もっとと言うように、大輔の頭を引き寄せた。

「中村」

荒い息の中で名前を呼ぶと、潤《うる》んだ目が嬉しそうに細まる。

「ここでやめないと、もう取り返しがつかなくなる」

自分の眉間に、皺《しわ》が寄るのがわかる。これが自分の声かと驚くほど掠《かす》れていた。

天音は、ぼんやりと大輔を見上げて、首を傾《かし》げる。

「もっとしてほしいの。だめ？」

ごくりと喉が鳴った。

そんなもの、大輔だってしたいに決まっている。

でも、彼女との最初の夜が、こんな酔っ払い状態の時でいいのかという戸惑いがあった。

結婚の話も、シラフの状態で詳しく聞き、いろいろなことをきちんとしてからのほうがいいに決まっている。

それなのに天音は、大輔のなけなしの理性をどんどん砕いていく。

「ね。もっとして？」

そんな風に、可愛くねだらないでほしい。潤《うる》んだ瞳で、じっと見つめないでほしい。

大輔は泣きそうになりながら、腕の中にいる愛おしい酔っ払いを抱き締める。

「まきとさん？」

抱き寄せるのも、触れるのも、すべて嬉しそうに受け入れる天音に、大輔は決意する。

――このまま、手に入れる。

今の彼女は正常な判断ができていないだとか、こんな状態で致すのはどうかだとか、そんな聖人《せいじん》君子《くんし》様のようなことは言っていられない。

欲しいのは、彼女だ。

「天音。抱くよ？」

初めて、彼女を呼び捨てにした。

天音は真剣な大輔を見上げて、ふにゃっと微笑む。

「うん。ふふっ、夢みたい」

吹っ切れた大輔は、天音の服を脱がしながら、彼女にキスをする。

素直に服から手を抜く彼女の首筋にキスを落として、大輔は聞き返した。

「夢？」

天音が大輔のシャツに手を伸ばして、服を脱がそうとしてくる。

「ずっと、牧戸さんにこんな風にされたかった」

少しはだけた大輔のシャツの隙間に手を差し込んで、うっとりと呟《つぶや》く。

それから大輔の胸元に頬ずりをする。

「牧戸さん、すき」

天音からの告白は、何度聞いても嬉しい。

「天音、俺が好き？」

思わず聞き返しながら、天音の体に残っていた衣服を全部脱がせて放り投げた。

「うん。好き。大好き」

二度目の天音からの告白を満ち足りた気持ちで聞きながら、大輔は自らの服も脱いでいく。

天音はその光景を見ながら、くすくすと笑う。

大輔が全裸になって抱き締めると、天音は甘えるようにすり寄ってくる。

柔らかな彼女を、しっかりと抱き締めた。

「天音の結婚、本当に壊していいんだね？」

――少し、意地悪な聞き方をしたことは認めよう。

天音が自分のことを好きと言ったから、余裕が出てきて聞きたくなってしまったのだ。彼女が自分を求める言葉を、何度でも言わせたい。

軽く天音の頬を摘《つ》まみながら問いかけると、天音はムッとして叫んだ。

「結婚なんて、しないっ！　牧戸さんとだったらする～」

またも爆弾発言だ。大輔は喜びが湧き上がってくるのを感じた。

結婚――いいかもしれない。告白して、まずは恋人になることを考えていたが、天音が望むなら一足飛びに結婚してしまっても問題ない。

三年も間近で彼女を見てきたのだ。天音がいつから自分のことを想ってくれていたのかは知らないが、お互いのことはもう十分によく知っている。

大輔はなんだか神聖な気持ちになり、触れるだけの優しいキスをした。

唇から頬、耳、首、肩を通って胸へと、唇を移動させていく。

天音はもどかしいようで、イヤイヤと首を振る。それから大輔の頭を引き寄せ、自分の体も突き出して唇を押し付けようとする。

その積極的な動作に笑っていると――

「ん、んっ、まきと、さんっ。もっと、ちゃんとしてっ」

と、怒ったような声を上げ、パシパシと大輔の頭をはたいた。

思わず目を丸くして天音を見返す。

すると、真っ赤な顔をして目に涙をいっぱい溜めた天音が、息を荒くして大輔を見ていた。

「抱くって言ったのに、そんなんじゃ嫌《いや》っ」

上手く言葉が出てこないのか、やだやだと言いながら、今度は無茶苦茶に大輔の髪をかき回す。

「こら、わかったから――」

天音の手を捕まえて、唇に深いキスをした。そうしながら、天音の秘所へ手を伸ばす。

彼女の足の間に手を差し込むと、くちくちと濡れた音がした。

襞を掻《か》き分け、まずは浅い場所まで、ずぶりと指を沈めた。

天音のそこは、大輔の指の第一関節くらいまではすんなりと受け入れたが、その先は狭く進めない。じわじわとナカを進むものの、きゅうきゅうと指を締め付ける。

「んー……、んぅ」

さっきまで積極的だったのに、今の天音は眉間に皺《しわ》を寄せ苦しそうだ。まだ指を一本しか入れていないのだが、痛いのだろうか。

「天音……初めて？」

まさかと思い聞くと、天音は苦しそうな表情のまま、首を横に振った。

少し残念な気持ちはあるけれど、ほっとする。

さすがに、ハジメテを酔っ払った状態でもらうわけにはいかない。

「大学生の時、いっかいだけ、した」

――一回かよ！

脳内で思い切りツッコんでしまった。

これは、しっかりとほぐさないと厳しいだろう。

内壁を引っ掻《か》くようにして愛液をさらに溢《あふ》れさせ、同時に親指で陰核を押し潰《つぶ》す。ゆっくりと丁寧に、まずは天音を快感に溺れさせることから始める。

「ひゃっ……あぁっ」

天音の体が跳ねた拍子《ひょうし》に、大輔の目の前に胸が差し出される。

まるで食べて欲しいと言わんばかりに主張する赤い蕾《つぼみ》を、有難《ありがた》く口に含んだ。

すると、すぐに口の中でピンと尖《とが》った。大輔はそれを舌でコロコロと転がす。

天音の息遣いが、苦しそうなものから官能的なものに変わる。

大輔はそれを確認してから、指をもう一本増やす。今度は抵抗なく受け入れてくれたようで、天音の眉間に皺《しわ》が寄らない。

「ふっ……んぅ、あっ、あぁっ」

「天音、気持ちいい？」

絶えず喘《あえ》ぎ声を漏らす天音に聞いてみると、うっすらと目を開けて、こくこくと頷《うなず》く。

意味のある言葉を出せないようだ。

大輔は微笑みながら、天音の足を左右に大きく開いた。

「あ、やっ……まきとさんっ」

「もっと気持ちよくなりたいだろ？」

恥《は》ずかしがる天音の内股にキスを落として、強く吸い上げてキスマークを付ける。

それから、ゆっくりと足の付け根へ唇を移動させ、花芽を口に含んだ。

天音の体が、びくんと跳ねた。

執拗《しつよう》に舐めて、転がして、吸いつく。

「ふあっ、あ、んぁっ……！」

天音の体がびくびくと反応して、ぶるぶると痙攣《けいれん》のように震え始める。天音はどうしたらいいのかわからない様子で、大輔の髪の毛をぎゅうっと握り締めていた。

「可愛いよ。天音」

言ってから、花芽を強めにちゅうっと吸った。

「は、んっあっああっ……あああぁぁっ」

大きく背をそらして、天音が達した。

天音の息が整うのを待って、大輔は覆《おお》いかぶさる。

「天音、入れるよ」

一応宣言してみたものの、天音はとろんとした表情を浮かべて大輔を見返すだけで、聞いているのかどうだか、いまいち判別がつかない。

トロトロになったそこに自分のものを宛《あて》がい、ゆっくりと押し込んでいく。

柔らかな肉壁が絡みついてきて、大輔を奥へ奥へと誘《いざな》っているような気さえする。

天音の苦しそうな息遣いがなければ、無茶苦茶に突っ込んで掻《か》き回してやりたいほど気持ちいい。

「んぅ～、ん、はあっ」

荒い息遣いで、どうにか快感に耐えている天音を窺《うかが》いながら、花芽を摘《つ》まんだ。

途端に、びくんと体が動く。そうして天音は驚いたような顔をして、ひときわ大きな悲鳴を上げた。

「あああぁぁっ」

声に呼応するように肉壁が動き、ぎゅっぎゅっと大輔を締め付ける。

大輔は、ほぼ入れただけでイッてしまった天音をうっとりと見つめる。

体全体がピンク色になっている。切なげな呼吸を繰り返す天音は、壮絶に色っぽかった。

「ふあ……まきと、さん」

自分になにが起こったのか理解できていない様子の天音が、手をゆっくりと伸ばしてくる。

「天音。愛してるよ」

その手を取って、キスをする。

「わたしも……。まきとさん……ほんとう？　ゆめ、じゃない……？」

天音が目をパチパチとさせながら聞いてくる。

舌っ足らずな言い方で聞いてくる天音に、大輔は喜びが湧き上がってくる。

さっき天音が呟《つぶや》いていた『夢みたい』という言葉が、真実だと再確認できて嬉しい。

夢に見るほど大輔を求めてくれていたと思っていいのだろうか。

天音が自分と同じ気持ちでいてくれたことが嬉しい。

「もちろん。これからずっと続く現実だ」

笑って答えると、天音も微笑んで、大輔の首に腕を回す。

――今決まっている天音の結婚を破棄《はき》するためには、まだ乗り越えなければならない困難があるだろう。それでも、天音のためならなんでもやれる。

「牧戸さん、大好き」

「俺もだよ」

大輔は、天音のおでこにキスを落として、抽送《ちゅうそう》を開始する。

天音は苦しそうに喘《あえ》ぎながらも、「好き」「好き」と何度も繰り返し、大輔に必死でしがみついていた。

そのいじらしさに我を忘れ、夢中になって彼女を貪《むさぼ》ってしまった。

そうして彼女が失神するように眠った寝顔を見ながら、「絶対に自分以外と結婚なんてさせない」と誓う。

それが必要のない決意だったと知るのは、六時間後のことだった――

第三章　遠距離恋愛開始

1

送別会の後、大輔の家になだれ込んだ翌日。

天音はコンビニのパンを食べ、シャワーを浴び、簡単なお化粧も済ませてリビングに移動した。

今、天音は隣に座る大輔のほうに体を向けた状態で、ソファの上に正座している。

『スッピンで、二日酔いで、素っ裸な上に空腹の状態では、本当の気持ちなんて言えません！』という要求は、八割方満たされた。

これはもう、そろそろ天音の本当の気持ちを話さなければいけない時がやってきてしまったのだろう。

大輔のほうをちらりと見ると、悠々と長い足を組んでコーヒーカップを傾けている。

天音は、こんな状態なのにときめいてしまいそうだった。

彼は今、ジーパンに真っ白なTシャツという、いたってシンプルな服装だから、体の線が目立つ。首筋から肩へのラインが男らしさを感じさせてドキドキする。

「――で？」

大輔が低い声で呟《つぶや》いた。

じっと動かない天音を横目に見て、催促《さいそく》をする。

「は、はい。あの……ですね」

さっきから、言おう言おうとは思っているのだ。

しかし、言葉が思いつかない。

大輔の声を間近で聞いたことにより、さらに舞い上がってしまって、きゅーっと音がするほど顔の熱が上がっていくのを感じた。

大輔のほうを見られずに俯《うつむ》いて、両手を握り締めた。

簡単に言ってしまえばいいじゃないのと、頭の中の自分が言うが、そう簡単にはいかない。

今までずっと、脳内でだったら彼に好きだと呟《つぶや》いてきた。

だが、こうして告白を待たれている状態というのは、非常に面《おも》はゆい。

天音が黙りこくっているのを、大輔はじっと眺めている。

ゆっくりと待っていてくれるのは有難《ありがた》いのだが、妙なプレッシャーを感じてしまう。

なにせ、昨日までは憧れてはいたけれど、怖い上司という印象が強かった人物だ。

なんだか今の状況は、仕事でミスして怒られている時に似てるなあと思った。

「天音？　なにを考えている？」

告白とは違うことを考え始めた途端、大輔が天音の顎《あご》を掴《つか》んだ。

「ふぁっ……は、は……はい！」

「お前が話し出すのを待っている人間がいる時に、その態度はよくないな？」

目を細めて笑みも見せない大輔は怖い。

「すみません～～」

天音の心の中が読めるなんて、大輔はエスパー!?　などと考えたことは横に置いておいて、アタフタと謝った。

そうは言っても、いざ自分の気持ちを伝えるとなると、ものすごく勇気がいるのだ。

今朝起きてすぐのやりとりから、フラれることはないとわかっていても、ドキドキする。

…………

――フラれることって、ない、よね？

天音はチラリと大輔を見上げてみる。

彼は、ただ天音の言葉を待っているようで、無表情だ。

……まさか、一夜の夢ってことはないよね？

今、告白をしていざ付き合い出すことになっても、遠距離恋愛ということになる。また東京《とうきょう》に戻ってくる気ではいるが、最低でも数ヶ月は避けられない。

そんな相手でも、大輔はいいと言ってくれるだろうかと急に不安になってきた。

まさか昨晩の大輔が、『すぐいなくなる相手だし、適当に好きだとか言っておけばいいか』などと嘯《うそぶ》いていたわけでは……

彼がそんな性格じゃないことはわかりきっているはずなのに、悪い考えが止まらない。

彼は、黙り込んだまま自分を見上げる天音に首を傾《かし》げる。

「あの、牧戸さん……」

「ん？」

急に泣きそうになった天音に戸惑いながら、彼が返事をする。

「遠距離恋愛ってありですかっ？」

まずは改めて気持ちを伝えるとか、そういう考えは瞬時に吹っ飛んでしまった。

そんな天音の言葉を聞いた大輔が、呆《あき》れた視線を投げかけてくる。

「お前、まずは告白してくれよ。いきなり話が飛び過ぎだろ……」

大輔が大きくため息を吐いて、天音のおでこをピンッとはじいた。

「遠距離恋愛が、ありもなしもないだろ。いられるならいつも側にいたいが、必要なら仕方ないだろ。住む場所が遠くなるくらいで、好きな人と別れるかよ」

「あ、そ……そっか」

はじかれたおでこを両手で押さえて、天音は我に返ったように呟《つぶや》く。

天音はパニックのあまり、ちょっとおかしな方向に考えがいってしまっていたみたいだ。

緊張して、いろいろ考えすぎて、大輔を人でなしみたいなキャラにしてしまっていたことに気が付く。

「それで？　俺が聞きたい言葉を言ってくれないのか？」

大輔が天音の顎《あご》をくいっと持ち上げて顔を覗き込んでくる。

天音はこくこくと小刻みに頷《うなず》いて、大きく息を吸った。

そして一気に叫んだ。

「好きですっ」

不必要なほど大きな声が出てしまった。

出てしまった声は元に戻せないので、ぎゅっと手を握って目もつぶり恥《は》ずかしさに耐えた。

そんな天音を見て、大輔は小さく笑う。

全身に力を入れて固まる天音の肩を引き寄せて、彼が耳元でささやく。

「俺もだよ」

そうして、優しいキスをしてくれた。

天音がそろそろと目を開けると、優しく微笑む大輔がいる。

「牧戸さ……」

しゃべろうと唇を動かすと、彼の唇に触れてしまって、天音は顔を熱くしてしゃべるのをやめた。

大輔は、もう一度キスをして顔を離した。それから、天音の頭を撫でる。

「付き合い始めた途端に遠距離だしな。不安だよなぁ」

天音が考えていることは、やっぱり大輔にわかってしまうらしい。

天音は声を出せずに、滲《にじ》んできた涙を拭《ぬぐ》って、首を縦に振った。

「なるべく毎日電話するから。休みの日には会いにも行く。ご両親に挨拶《あいさつ》も行かなきゃいけないしな」

——両親に挨拶《あいさつ》！　それってまさか、結婚の挨拶《あいさつ》!?

他の人と結婚すると勘違いした末の勢いで、天音と結婚すると言っているのだと思っていた。誤解が解けた今も、結婚しようと考えてくれているの……？

目を丸くする天音を笑って見ながら、大輔は手を伸ばす。

「天音の家族と会えるの、楽しみにしてるよ。それに俺は、天音が戻ってくるのを待ってるから」

「えと、あの、りょ……んむっ！」

『両親に挨拶《あいさつ》って、どういう意味ですか？』と聞きたかったのに、大輔に強く抱き締められ、言葉を発せなくなる。いつの間にか、彼の腕にすっぽりと覆《おお》われていた。

「だから天音も、遠距離は嫌《いや》だから付き合わないとか言わないでくれ」

そう言って、一際強く抱き締められる。

どうしたのかと不思議に思って見上げると、彼は眉尻を下げた情けない顔をしていた。

初めて見る表情に、彼も不安なのかと気が付いた。

途端に、天音の胸がギュッと切なく締まる。さっきまでの疑問など忘れて、彼を力強く抱き締め返した。

「しない……！　絶対……っ、遠距離、頑張る」

「ああ、頑張ろうな」

天音はこの日と、翌日の日曜日のほとんどの時間も、大輔の腕の中で過ごしたのだった。

2

そして迎えた月曜日。

今日からまた一週間、大輔は仕事だ。

天音は自分のアパートに戻り、荷物の整理をしていた。

片付けをしながらも、ふわふわと空中を漂《ただよ》っているみたいな気分だ。

彼の、天音を呼ぶ柔らかくて低い声を思い出す。

天音が顔を赤くして見上げると、切れ長の目が優しく細まって、そっとキスをしてくれる。

恋人としての大輔は、仕事の時とはまったく違い、甘い雰囲気を醸《かも》し出す。そんな彼に、胸がドキドキしすぎて破裂《はれつ》してしまいそうだった。

ほう……と息を吐き出して、天音は荷物を眺める。

来週には新潟へ帰る。

数ヶ月だけだが、家賃がもったいないので、この部屋は解約することにしていた。新潟に持って行けない荷物については、貸倉庫を借りて入れておくことにしている。

冬服はどうしようかと段ボールに詰め込みながら、寂しさが込み上げてくる。

付き合ってすぐの遠距離恋愛。母の体調が戻れば数ヶ月で戻ってくる気だけれど、寂しいものは寂しい。

けれども大人な大輔は、結構平気そうにしていた。

天音が、今週一週間で荷物を片付けて新潟へ行くと伝えたら、『一週間もあるのか』と笑ったくらいだ。

天音は彼に『一週間しか、ですよ』と言い返したが、大輔は困ったように笑うだけだった。

この一週間のうちに二人でゆっくり過ごせるのなんか、数えるほどだ。

平日の大輔は忙しいので、下手をすると天音が新潟へ行くその日にやっと会えるだけかもしれない。

大輔は、天音と離れることがそんなに寂しくないように感じる。恋愛に淡白なタイプで、ベタベタするのは好きじゃないことも考えられる。

もしかしたら、離れていたほうが煩《わずら》わしくなくていいくらいのことを考えているかもしれない。

——ずっと憧れていた大輔と付き合えるようになった夢の週末。

その後に突き付けられる現実。

夢みたいな時間が、そう長く続かないことは知っている。でも、まだ幸せに浸っていたい。

自分ほど大輔は寂しがっていないことに、天音は不安になってくる。

昨日は、ずっとくっついていて、他愛のないことで二人クスクスと笑っていた。

新潟に帰れば、その幸せが夢と消えてしまうような気になって、なんとなく片付けを先延ばしにしたくなってしまう。

天音は少し殺風景《さっぷうけい》になってしまった部屋を眺めて、ぼんやりしていた。

そこに、電話が鳴る。

なんと、大輔からだった。

『悪い。仕事中だから、端的《たんてき》に話すぞ』

仕事モードの声がして、思わず背筋を伸ばした。

「はいっ」

天音の返事に、少し笑うような気配があってから、大輔が一度咳払いをした。

『言うのを忘れていたんだが、天音が帰るまで毎日夕食は一緒にとろう。冷蔵庫の食材を使い切らなきゃいけないようなら、うちに持ち込んでくれ』

端的《たんてき》すぎて頭がついていかなかった。

『忙しいなら無理にとは言わないが、こっちにいる間に一度だけでも食事を作ってくれると嬉しい』

あまりに事務的な口調で淡々と告げるから、一瞬なんの話かわからなかった。

「……忙しくはないです」

まだ片付いてない部屋を無理矢理視界から外して言う。

『食事、作ってくれる？』

突然、自信なさげな大輔の声がして、天音の心がきゅんっと音を立てた。

「む、難しいのは作れませんが、それでよければ……！」

『ああ、よかった。嬉しい。楽しみにしてるよ』

そう言って、すぐに電話は切れた。

今は昼休みなどの決められた休憩時間の時刻ではない。多分、天音が一人で夕食の準備を始めてしまうかもしれないと思いついて、慌てて電話をしてきたのだろう。

一分ほどの短い電話。

それだけで気分が高揚して、さっきまで暗くなっていた気持ちが吹き飛んだ。

すでに冷蔵庫の中には食材はほとんど残っていない。飲み物と、朝食用のパンと調味料くらいだ。大輔の家で料理をするなら、少し買い物をしていかなければならない。

あれこれと考えて準備をし、バッグに詰め込む。するとバッグの中でふいに手が触れた鍵が、ちゃりっと音を立てる。天音は思わずにやけてしまう。

今朝、大輔の家から帰る時に彼が合鍵をくれたのだ。

『アパートを解約するなら、こっちに来た時、寝る場所に困るだろ』

日曜の寝る前に、帰省にあたって部屋を引き払うと伝えたら、天音が寝た後に作りにいってくれたらしい。

大輔とのことがなければ、天音は別に実家の店が落ち着くまで東京に来る気はなかった。

だけど、大輔は天音がこの数ヶ月のうちに何度か東京に来ると信じて疑っていなかったのだ。当たり前のように天音と会うと考えてくれていることが嬉しかった。

――でも、これって本当に使っていいのかな。今日これから行って使ったら、「いきなり!?」とかって驚かれるかな、どうしよう。でも食事を作るなら、彼が帰ってくる前に支度《したく》を始めていたほうが、すぐに食べてもらえていい気がするけど……やっぱり今日はお惣菜《そうざい》にして、使っていいか確認してからにしようか。

そう思っていると、メールが届く。

『昨日やった鍵を使え』

たったそれだけの内容。

それでも、天音がなにを心配しているか考えてくれていると知り、胸がいっぱいになる。

天音は『はい』と返信をして、ふふっと笑った。

そして天音は、ちょっと――ちょっとだけ、期待をしてバッグをふたたび開き、着替えを詰め込んで家を出た。


大輔のマンションの近所のスーパーで買い物を済ませ、合鍵を使って部屋に入る。

そしてキッチンに立った天音は、材料を広げて点検していた。

最初から凝《こ》ったものを作ろうとして失敗したら最悪なので、最初は無難《ぶなん》にハンバーグにした。

焼き加減さえ間違えなければ、美味しく、かつ豪勢に見える素晴らしい料理だ。

支度《したく》があらかた済んだ夜七時に、大輔は帰ってきた。テーブルの上のハンバーグを、とても喜んでくれた。

食事が終わり、大輔が席を立つ。

だから天音も続こうとすると――

「作ってくれたんだから、片付けくらいはする。座ってろ」

そう言って、さっさとキッチンで食器を洗い始めた。

最初はお言葉に甘えてリビングのソファに座ってテレビを見ようとしたのだ。だけど、やっぱり、もったいないと思う。

折角《せっかく》二人でいるのだから、離れていたくない。

そう思いキッチンで皿を洗っている大輔に近付いていくと、大輔が天音を見て首を傾《かし》げる。

「どうした？」

「え……と、なんでもないです」

一緒にいていいですかなんて、恥《は》ずかしくてわざわざ聞けない。

お手伝いしますって言っても、「大丈夫だから」と言って、リビングに追いやられてしまいそうだ。

天音が逡巡《しゅんじゅん》していると、大輔は不思議そうな顔をしたまま食器のほうに視線を戻す。

――自分でも知らなかったが、どうやら天音は恋人といちゃいちゃしたい人種らしい。

恋愛経験が少ないのでよくわかっていなかったものの、大輔にはずっとくっついていたい。

天音は、そろそろと彼の背中に近付いて、ぎゅっと抱き付いた。

逞《たくま》しい腰を抱き締めて、広い背中に頬を押し当てる。

「天音？」

問いかける声が聞こえるが、天音は彼の背中に顔をうずめて黙っていた。

温かくて広くて気持ちいい。

しかも、背中に抱き付けば大輔はあまり抵抗できないので触り放題だ。

「なんだ、抱き付きにきたのか？」

くっくっと声を立てて笑って、だけど邪魔だとは言わない。

彼がお皿を片付けている間中《あいだじゅう》、背中の温かさを存分に堪能していた。

「――よし」

水音が止まり、大輔が手を拭いているような動きを感じる。

彼の温もりが心地よくて少しウトウトしかかっていた天音は、目をパチパチしながら大輔から手を離した――途端、彼の肩に担がれた。

「ひゃあああっ!?」

悲鳴を上げる天音を無視して、大輔は寝室へと進んでいく。

それから天音は、どざりと音がするほど乱暴に下ろされる。次いで、口を開く間もなく大輔に覆《おお》いかぶさられた。

「洗い物をして手を出せない男を襲おうとするとは、なかなかいい趣味してるじゃないか」

「襲ってませんよね!?」

天音の反論は、大輔の唇の中に呑み込まれてしまう。

「ふ、ぅ……んっ」

服の裾からするりと入ってきた大輔の手に、天音の胸は包まれ、頂《いただき》を摘《つ》まれる。

「牧戸……さっ……！　明日も、お仕事がぁっ」

「うん？　大丈夫。一晩中抱き潰《つぶ》しても仕事できる。だから、一度や二度くらいなら、なんの問題もない」

ちょっと怖いことを言われた。え、一晩中できるの？

……聞かなかったことにしようと思う。

「え、えと……優しくしてください」

一晩に二度も三度もされたら、明日、足がプルプルするかもしれない。

天音が大輔を見上げながらお願いすると、彼は目をギラギラさせて微笑んだ。

「この状態で煽《あお》るバカに、優しくできる自信がないな」

ぺろりと唇を舐める仕草に、天音は身をすくませる。

「大丈夫。懇切《こんせつ》丁寧にはするよ」

まったく安心できない言葉と共に、天音はベッドに沈められた。

3

あらゆる意味で濃ゆい一週間はあっという間に過ぎ、明日はもう天音が新潟へ帰る日だ。

父に駅まで迎えに来てもらえるように、お店の定休日である月曜日に帰ることにした。だから大輔は仕事で、見送りには来てもらえない。

今晩も天音は、大輔の家に泊まることにした。ベッドの中で大輔にしがみつく。

明日、大家さんに自分のアパートの鍵を返せば完了。

この一週間は、大輔の家に寝泊まりしたため、アパートのほうの布団も食器もさっさとしまえ、思った以上に早く片付けを終わらせることができた。

「寂しくなるな」

あっさりと言う大輔に、天音は小さく頷《うなず》いて見せるだけしかできない。

声が震えてしまいそうで出せなかった。

顔を上げると涙が溜まった瞳を見せないといけないので、じっと俯《うつむ》いている。

「でも、休みの日には会えるから」

そう言って大輔が、天音の髪を優しく梳《す》く。

休みの日に会えること自体は嬉しい。でも、そんな言葉がほしいわけじゃない。

とにかく、寂しい。

同じように彼にも寂しがってほしかったのに、そうじゃないことも寂しい。

しかし天音の寂しがりように、大輔は困ったように首を傾《かし》げて笑う。

「またすぐに一緒にいられるようになるんだから」と言いながら——

彼は、天音がどうしてそんなに寂しがるのか理解できないらしい。

天音にも、どうして大輔がそんなに平気そうなのか理解できない。

彼は大人で、天音よりもきっと恋愛経験も豊富だから、余裕でいられるのかも……

そもそも恋愛に対して淡白なのかもしれないし、自分の意見ばかりを押しつけて彼に呆《あき》れられるのが怖かった。

だから、天音もなにも言えなかった。

自分の都合で遠距離恋愛をするのにワガママを言ってはダメだと、無理矢理心の奥底に気持ちをしまい込む。

――そう言えば彼はこの間、天音の両親に挨拶《あいさつ》に行くと話していた。真相を聞けないままになっているけれど、どういう意味だったのだろうか。

勘違いが解けた今も、大輔は自分と結婚しようと思っている？

でも、二人の間には大きな温度差があり、結婚なんてあり得ない感じがする。

元はと言えば、勘違いから始まった話なのだ。結婚予定の人が他にいるわけでもないのだから、大輔が慌てて天音と結婚する必要はない。

それに今のこの状態でさらに結婚話を持ち出すのは気が引けた。せっかく大好きな人と付き合うことになったのに、重い女と思われたくない――

結局この日も話を聞けないまま、想いをぶつけることもできず夜が更けていく。

大輔は天音が眠るまで、小さな子にするみたいに背中をポンポンしてくれたけれど、天音の心は軽くならない。

天音は、募《つの》る不安を彼に抱き付いて眠ることで無理矢理治めた。

4

次の日、出勤する大輔にさようならを告げて、大家さんに鍵を返し、天音は新幹線に乗り込んだ。

二時間ほどで新潟に着く。

その間、天音はぼんやりと景色を眺めて、大輔にもらった鍵を強く握り締めていた。

すでに、少し泣きそうだった。彼と一緒にいた時間が幸せすぎて、天音はもう引き返して彼に会いに行きたくなってしまっている。

しかしこれじゃダメだと、天音は鍵を鞄《かばん》の内ポケットにしまい込んだ。


駅に着くと、父が迎えに来てくれていた。

相変わらずの仏頂面《ぶっちょうづら》でベンチに座る父に、天音は駆け寄る。すると父は、ちらりと天音を見ただけでさっさと立ち上がり荷物を持ってくれた。

「荷物は自分で持つからいいよ」

天音が荷物を取ろうとするのを無視して、父は足早に歩いていってしまう。

そして、ようやく懐かしい『中村堂』とロゴのある車の前まで来て、天音に言うのだ。

「さっさと乗れ」

そんな父に、天音はくすくすと笑った。

「うん。ありがとう。ただいま」

「おう」

ぶっきらぼうに返事をした父は、トランクに天音の荷物を載せて、車を発進させた。

父はびっくりするほど頑固《がんこ》で、和菓子作りしかやってこなかった人だ。

天音がまだ実家に住んでいた頃、そんな父を見て、母はよくこう言っていた。

『ほっとけないのよ。不器用で、可愛い人でしょ?』

当時は、父に聞かれたら、しばらく口をきいてもらえなくなるんじゃないの? 大丈夫? と内心ハラハラしていた。

でも、大人になった今なら少しわかる。父は不器用だけど、優しい人なのだ。

そんなことを考えながら車に揺られていると、十分ほどで自宅兼和菓子屋に到着する。

天音になにも声をかけずに、父は荷物をさっさと家へと運んでいく。

天音はその後を、手ぶらでついていった。

「おかえり」

玄関をくぐったところで、母に声をかけられる。

今、母は普通に立っている。ぎっくり腰になったと言っても、重いものを持ったり長時間立っていたりしなければ大丈夫らしい。

「ただいま！」

言いながら玄関を上がると、小豆《あずき》の匂いがする。

「おう。やっと帰ったか」

兄の翔太《しょうた》が白いエプロンをつけたまま、店のほうから顔を出した。

兄は、父とは違い社交性があっていつも笑顔だ。妹の天音には毒舌だったりもするが、基本は頼れるお兄ちゃんである。

「ただいま！　あれ、美咲《みさき》さんは？　美味しいシュークリームを買ってきたんだけど」

美咲さん、とは兄のお嫁さん。『中村堂』の和菓子は美味しいけれど、たまには洋菓子を食べたくなるものだ。

義理の両親と同居している美咲は、きっと周りに気を遣って自分では洋菓子を買えないだろうと、天音が帰省する時はいつもお土産にしていた。

「また洋菓子か……。今朝から体調悪くて寝てる」

兄は少し顔をしかめて、上階を指さす。

ここら辺は、父と似ている。和菓子が一番美味しいのだから他は必要ないと譲らない頑固《がんこ》者なのだ。

上階に行ってもいいのか兄に確認して、天音は二階の夫婦の部屋へ向かう。

「美咲さ～ん。具合はどう……ちょ、大丈夫？」

どんどんと扉をノックをしてから、中に首だけ突っ込むと、そこにはベッドの下でうずくまる美咲の姿があった。

「ごめ……天音ちゃ……翔太、呼んでもらえる……？」

美咲は、天音を見て、ホッとしたように笑って言った。

「――兄ちゃんっ！」

天音が階段を駆け下りて伝えると、兄はすぐさまスマホで病院に電話をかけながら、妊娠中の美咲のもとへ走った。

「今から、病院に連れて行く」

部屋から出てきた兄は、白エプロンを脱いで言う。

以前から美咲の調子が悪く、かかりつけの産婦人科には相談していたらしい。

あっという間に準備を整えて、美咲を抱きかかえて出て行った。

天音はどうしたらいいかわからなくて、右往左往しているだけだった。

「大丈夫よ。でも、入院になるかもしれないから、準備しておきましょ」

経験者は違うのか、母は落ち着いた様子で旅行鞄《りょこうかばん》を取り出す。

父はそれを見ながら、兄が放り出して行った小豆《あずき》の仕込みの続きをやり始めたので、天音はそちらを手伝うことにした。


夕方、ようやく兄から連絡が入った。

美咲は切迫早産のため安静にしなければならず、入院することになったらしい。

母が準備していた荷物を天音が病院まで届けて、美咲にほしいものを聞いて帰った。言いつけられたものを、また明日届けにいく予定だ。

「天音、悪い。帰って早々、忙しくさせる」

兄が言った。

天音は、珍しく妹に謝る兄の姿に、ケタケタと笑った。

「大丈夫だよ。家のことを手伝うつもりで帰ってきてるんだから」

遊びに帰ってきたわけじゃない。そりゃ、ゆっくりできるかなとは思っていたけれど、できなくても構わない。

兄はゆっくりと頷《うなず》いて、「助かるよ」と呟《つぶや》いた。

えらく殊勝だなと首を傾《かし》げていると、戸棚からどさりと伝票を持ち出してくる。

「――へ？」

「こっちも」

諸帳簿や注文書などなど……

「頑張ってくれ」

「嘘でしょ……こんなに溜め込むなんて。ていうか、今まで誰がやってたの」

呆然《ぼうぜん》と呟《つぶや》く天音に、兄は自分がやっていたと大きなため息を吐いた。

体調が悪くなる前は、美咲がやっていたらしい。

しかし、できない日が増えてきて、最近では兄が空いた時間に片付けていたのだという。

母はこういう系の、長時間同じ姿勢での座り仕事が今できない。

だからここひと月ほどは、兄がやってきたらしい。しかし兄には、仕込みやお菓子作り、店番や片付けだってある。書類と向き合う時間はさほどたくさん取れず、溜まる一方だったようだ。

そこへ帰ってきたのが天音。つい最近まで派遣社員として、この手の事務処理をしていたので比較的慣れた作業ではある。あるけどこの量は……

天音は帳簿をぱらぱらとめくって、頭を抱えたくなる。

「帳簿、全然書いてないじゃない！　領収書を挟んであるだけ！」

「ぼちぼちでいいから」

困ったように言う兄に、天音は仕方がないと了承した。

——次の日には、即後悔することになるとも知らずに。

和菓子屋の事務机に向かい、帳簿と格闘を始めて数時間が経った頃、ふと、スマホの着信ランプが光っていることに気が付く。

そのランプを見た途端、天音は書類を一気に抱きかかえる。

「じゃあ、続きは自分の部屋でやるから！」

言うだけ言って、自分の部屋へと走った。

天音の部屋は、ほぼ天音が就職して出て行った時のままだ。

書類を机の上に放り出して、スマホを取り出した。

やっぱり、大輔からの着信だった。

壁の時計を見ると、時刻は夜の七時。仕事が終わってかけてくれたようだ。

妙にドキドキしながら電話をかけ直すと、数コールで大輔の声が聞こえた。

『悪い。引っ越し初日に。忙しかったか？』

今朝別れたばかりだというのに、いろいろあったせいか、すごく久しぶりな気がした。

「ううん。大丈夫です。着信に気付くのが遅れただけ」

『そうか。明日からもう仕事か？』

「はい！　帳簿の整理とか全然できてなくて、もううんざりしてます」

ははははっと、軽い笑い声が聞こえる。

そういえば、付き合い始めてからの一週間はいつも大輔の家に行っていたので、電話で長く話すのは初めてだ。

『天音』

そう呼ばれるだけで、顔に熱が集まるのを感じる。

憧れてやまなかった人と、こんな風に他愛もない話ができる日が来るなんて、思ってもみなかった。

それからしばらく話をした後、大輔はこれから夕食を食べると言うので電話を切ることにした。

『――じゃあ、頑張れよ。おやすみ』

「おやすみなさい」

今までは、ただの上司と部下という関係だったから、電話を切る時はいつも「失礼します」と言っていた。でも、今日は違う。天音はそれがくすぐったくて、笑いながら電話を切った。

「ふふ～～」

スマホを握り締めて、ベッドにダイブした。

短い時間の電話。

まだまだ電話ですごく話が弾《はず》むほどではないけれど、用がないのに電話をしてくれる。

用がないけどメールができる。

そんなことが嬉しい。

天音は枕をぎゅうっと抱き締めて、大輔のTシャツを一枚くらい借りてくればよかったなんて考えた。

すると頭の中の彼が「いいけど、どうするんだ?」と聞いてくる。

枕に着せる……と答えようとして、自分の想像の中だけのことなのに、恥《は》ずかしさに枕に顔をうずめる。

こうして実家で過ごす初日の夜は過ぎていったのだった。

5

翌朝、五時。

「天音！　仕事だ！　起きろっ」

兄の声で、起こされた。

小豆《あずき》やもち米の仕込みがあるため、和菓子屋の朝は早い。

久しく手伝っていないので忘れていたが、そういえばそうだったと思いながら、起きて準備に取りかかる。

二時間働いて、ようやく朝ご飯にありつけた。

七時……大輔は、会社へ向かう時間だ。もしかしたらメールが入ってないだろうかとスマホを確認して、ため息を吐く。

――来ていない。

朝は忙しいから、メールなんて打っている暇《ひま》はないんだと自分を納得させ、天音はスマホを置いた。

朝食後すぐに、兄と父は和菓子作りを始める。天音は作務衣《さむえ》に着替えて、店舗の掃除や商品の陳列などを行《おこな》う。

そして九時、開店。

すぐに大勢のお客さんが来るわけではないが、予約の確認や納品確認など、開店後もしばらくは忙しい。

そうして十時になると、兄が配達に出ていく。この頃から、お客さんが増え始める。

十二時にようやく、交代でお昼ご飯を取る。

そしてずっと動き通しで夕方六時の閉店を迎えるのだ。

しかし、それで終わりではない。

店の片付けをして、古い商品を引き上げる。

その後、母を手伝って夕食の支度《したく》をし、夕食後、ようやく伝票などの書類を書く時間ができる。

朝早くから働き続けているので、さすがに体力の限界が近い。

店舗の事務机で請求書などの処理をしていたら、兄に声をかけられた。

「天音、寝るな。終わってからにしてくれ」

突然、頭を押さえつけられる。

会計簿をつけながら、ついウトウトしてしまっていたようだ。

――というか……

「私、朝五時から働いてるの！　それで今は夜八時よ！　何時間労働だと思ってるの！」

昼食諸々《もろもろ》の時間はあったが、ほぼ十五時間労働だ。

「個人事業者なんてそんなものだろう。諦《あきら》めろ」

「俺だって今から厨房《ちゅうぼう》の片付けだ」と、さくっと言われた。

とんだブラック企業である。

そう思いながら、なんとかきりのいいところまで仕上げ、後は明日にしようと帳簿を閉じた。

チラリと時計を見ると時刻は八時半。大輔からの着信はない。まだ仕事中か、帰宅の電車の中かもしれない。

もう少しだけ起きて彼からの連絡を待っていようかと考えた。しかしベッドの上に座った途端、眠りに吸い込まれていく。

――そのわずか五分後に、彼からの着信があったが出ることもできず深い眠りに落ちていったのだった。


次の日も五時起き。もちろん、その次の日も。

朝が辛い。頭も体も使う重労働で、段々と寝る時間が早くなっていった。

夕食とお風呂を終わらせたら、後は帳簿をつけてさっさと寝たい。

実家に帰って三日目の今日もなんとか帳簿つけを終え、自室に戻ってスマホを持つ。

しばしばする目をこすりながら、最後の気力を振《ふ》り絞《しぼ》ってメールを打つ。

『お疲れ様です。今日も、もう寝ます。おやすみなさい』

ここ数日、ずっとこの調子でメールのやりとりさえろくにできていない。

ちなみに、天音はこの文章を作るのに、結構な時間をかけている。

最初は『もう寝ます、ごめんなさい』としようかと思った。けれどもそれだと、電話したいでしょうけどごめんなさいね、と言っているように受け取られやしないかと考え、消すことにした。とはいえ同じような文面のメールを送るのも、今日で二回目。

また今日も電話できないのに、ごめんなさいの一言もないのは、それはそれでどうなのかと悩んだ。

でも、電話する約束なんてしていないのに、先回りして謝るのはやっぱり自意識過剰というか……

いろいろいろいろ考えて、この文章になった。

こういう時、天音は自分の恋愛経験のなさに愕然《がくぜん》とする。

おまけに相手は、長年片想いしてきた憧れの相手。

こう取られたら、ああ取られたらと考えて臆病になる。

寂しさは募《つの》るばかりで、大輔の心も見えず不安になってしまう。

会って直接話せたら簡単なことが、文章ではひどく難しい。

――声が聞きたい。だけど、彼はまだ仕事だろう。

帰省した初日に電話で話した時、派遣社員が抜けた穴を埋《う》めるのは大変だと疲れた声で言っていた。

そんな時に、呑気《のんき》に今から寝るという電話などできるはずがない。

天音はまた今日も、端的《たんてき》なメールだけして布団に潜《もぐ》り込んだ。

瞬《また》く間に時は過ぎ、なんともう土曜日だ。

天音が実家に帰って五日も経ったなんて信じられない。

電話は初日に大輔からかかってきたものしか出られていなかった。

メールは毎日送っていたけれど、日に一回。しかも大輔からの返事は――

『忙しそうだな。体に気を付けて』

たったこれだけ。

自分のことを棚に上げて言うのもなんだが、もっと長いメールがほしい。

朝起きて、メールを読むたびに思ってしまう。

今朝もまた同じような文面が届いているスマホを見ながら、ほうっとため息を吐いた。

天音は彼の心証を悪くしたくなくて、事務的な文面になってしまっていた。彼のこのメールも、そういう理由からなのだろうか。

――こんな時、何年もお付き合いしている二人だったら、こんな風に不安にならないんじゃないかと思ってしまう。

せめて電話で話せれば、こんなに悩まずに済むのではないか。

電話がしたいなあと、思う。

しかし、今日は土曜日。休日は客が多く忙しい。

天音は諦《あきら》め気分でベッドから下り、朝の支度《したく》へと向かった。

朝から予約のお菓子などを準備して、ようやく二時過ぎになってとれた昼休みに、店の裏口から外に出て、大輔にメールしてみた。

『電話してもいいですか？』

大輔は今日、休みのはずだ。

ドキドキしながら返信を待っていると、突然スマホが着信を知らせた。

あたふたしながら電話に出て、開口一番謝った。

「すっ、すみません！　私から、かけようと思ったんですが」

天音のその言葉に、大輔は笑う。

『別に取引先じゃないんだから、そんなに気を遣わなくていいよ』

大輔は天音を安心させるように、優しい声音で言う。

『どうした？　なにかあったか？』

大輔の問いかけを聞き、天音はハッとする。

彼にとって土曜日はたまの休日。どこかに出かけたり、用事を済ませたりしたいのではないだろうか。自分の都合で、中途半端《はんぱ》な昼間の時間帯に連絡してしまったことが申し訳ない。

「なにも、ないです……すみません。ただ、声が聞きたいなぁと思って」

スマホを握り締めて縮こまっていると、また笑い声がした。

『それはありがとう。嬉しいよ。今、休憩なのか？』

急に甘くなった声に、天音の顔は一気に熱を持つ。

声が聞きたいだなんて、恥《は》ずかしいセリフをすんなり言ってしまった自分に今さら気が付いた。

「は、はい。お昼休みです」

『忙しそうだな』

「そうなんです！　もう、無茶苦茶な仕事量押し付けられて、これじゃ牧戸さんのほうが優しかったんじゃないかと思うほど――」

――しまった、本音が。

『ほほう。俺があんまり優しくなかったみたいな言い方だな？』

急に声が低くなり、アワアワしてしまう。すると、くっくっくと抑えた笑い声がして、『元気そうでよかったよ』と言われた。

『で、ちゃんと寝られてるか？』

「毎朝眠たくて。夜も眠気がきて、最近では八時前には布団に入ってるんです」

ようやく、この一週間電話ができなかった理由を伝えられた。天音はほっとする。

『ああ、声が聞けなくて残念だったよ』

さっきの天音のセリフをからかうような言葉。だけど大輔が本当にそう思ってくれているなら嬉しい。

「えと……ごめんなさい」

メールでは打てなかった謝罪の言葉を伝えることができた。

『いや、こうやって短い空き時間に電話してきてくれることが嬉しいよ』

甘い言葉に、天音は次の言葉を出せなかった。

大輔はそれがわかっているのか、今の会社の状況を教えてくれる。

先日まで同僚だった人たちが、天音がいないことを嘆いて、大変だと言ってくれていることは、素直に嬉しい。

『本当、こっちも新人が何人か配置されたけど、まだあまり戦力にはならなくて。それに、ちょっと注意するとすぐ落ち込むから面倒で』

大きなため息と共に吐き出された言葉には、天音も身に覚えがあることだった。

大輔に怒られるのは、怒鳴られたりしているわけじゃないのに、胸にどしんとくるのだ。

「牧戸さんが怖いからですよ」

またもスルンと失言が出てしまった。

するとやっぱり、大輔の低い声が答える。

『――お前は』

「はいっ。すみません。つい、正直にっ」

しかも、フォローもなにもできていない。

『そんなに怖がられていたとは、悲しいね』

「ちがっ……!」

慌てふためいて、無意味にバタバタと動き回る。

「そっ、尊敬してます！」

そして結局、出てきた言葉がこれだった。

天音のその言葉を聞いて、大輔が噴き出す。

『ぶはっ。そうきたか。――そう言ってもらえるのも光栄だが、それ以外の言葉が聞きたいな。嫌いの反対の意味あたりがいい』

「は……」

嫌いの反対。それは、つまり――

頬に熱が集まっていく。耳も熱い気がする。自分がどんな顔色をしているのか、想像するだけでも恥《は》ずかしい。

『天音?』

電話の向こうでも、天音の状態はわかっているだろうに、彼は催促《さいそく》をするのだ。甘い優しい声で。

「好き」

天音は真っ赤になりながらも、小さな声でそれに答えたのだった。


そんな風に、土日に電話して、平日はメールというルールができつつ、数週間が飛ぶように過ぎた。

最初の一週間は寂しくて辛かったが、翌週からは『忙しくても、週末には声が聞ける』というのを励《はげ》みに乗り切れるようになった。

電話をする時間帯は、最初の土曜日と同じく、ずっと昼休みにしている。

休憩に入ったら、裏口を出て電話をかける。

今日の土曜日も休憩時間になったので、早速電話をかけた。

電話をしている最中に、

「天音、悪い。もう——」

背後から兄に声をかけられた。

呼ばれたほうを、反射的に振り返る。すると兄は天音と目があった途端、目を見開いた。

「お前、その顔……」

なぜだか頬を染め、そんなことを呟《つぶや》く。

その時、天音はようやく自分が今、どんな顔をしているのかに思い当たった。

大輔と電話をしている時は、嬉しくて、ドキドキして、いつも信じられないくらい顔が熱くなっている。そんな恋する乙女な顔を、家族に見せてしまったのだ。

恥《は》ずかしい、居《い》た堪《たま》れない！

「今、忙しいの！　あっち行ってて！」

天音は照れ隠しで、兄に向かって怒鳴った。突然大きな声を出したから、受話器の向こうの大輔は、目を白黒させていることだろう。

「そろそろ戻ってきてほしいんだ」

兄は、天音の声に負けないような声を上げた。

「わ……わかったから、ちゃんと行くからっ……！　お願い、今はあっち行って！」

時計を見ると、休憩終了の時間より十五分も早い。

『ブラック企業め』と心の中で毒づきながら、天音は大輔に謝る。

「ごめんなさい。もう行かなきゃいけなくて」

『ああ……。天音、今の……』

話している時に、兄がまだ勝手口からこちらを覗いていることに気が付いた。早く来いと、監視《かんし》しているのだろう。

その姿を見た途端、天音は「すみませんっ！」と謝ってから大輔の返答も聞かずに、一方的に通話を終わりにした。

「あ〜〜……ごめんな。邪魔して」

兄のもとへ駆け寄ると、ばつが悪そうな声をかけられる。

邪魔だとわかっているなら、あと十五分くらい待てないのか。

天音は恥《は》ずかしさもあって、ふんと兄から顔をそむけた。

「包み十個、至急届けてほしいと予約が入って。少し早いけど、休憩を終わりにしてくれないかと」

兄が言いにくそうに言う。

天音はいろいろ言いたいことをぐっと我慢して、兄に頷《うなず》いた。

とりあえず、この場はお開きにしたいというのに、空気を読まない兄は感心したように呟《つぶや》く。

「お前、彼氏いるんだな……」

――やっぱり天音の顔を見た時の反応は、そういう意味だったか！

「なによっ？」

本当にデリカシーのない兄だ。怒ったように言って睨《にら》み上げる天音を見ても、首をすくめて兄は続ける。

「別に隠さなくてもいいだろう？　それじゃあ早く東京に帰りたいだろうな」

たしかにそうだが、恋が成就《じょうじゅ》したからと言って、約束していたことを違《たが》えたりはしない。

天音は兄の独り言を無視して、店へ戻った。


その日の夜、天音が伝票の整理をしていると、美咲の入院している病院から連絡が入った。

陣痛が始まったのだ。

転げるように車へ向かう兄を見て母は、「そんなんじゃ事故を起こす」と言ってタクシーを呼んだ。

ひとまず兄だけが病院に向かい、天音たちは家で待機だ。

「まあ、今晩いっぱいかかると思うから、明日見に行こうか」

母の言葉に、父は眉根を寄せて言う。

「明日も和菓子の予約が入っているから、すぐには行けない。今のうちに行っておいたほうがいいんじゃないか」

困ったような顔をする父に、天音は笑う。

なんて融通《ゆうずう》のきかない父だろう。いつ生まれるかはわからないが、明日の閉店後にゆっくり見に行っても赤ちゃんは逃げたりしない。それに今行ったところでまだ生まれていないのだから会えるわけでもない。

もしかしたら父も、初めての経験でいろいろと焦っているのかも。珍しく動揺している父を見て、笑いが出たのだ。

「予約の品だけお渡しして、店閉めて行けばいいでしょ」

母が、あっさりと臨時休業を提案する。

いやいやいや、和菓子一筋で滅多なことでは店を休まない父が、了承するはずがない。冷静に見えるけれど、母も舞い上がっているのだろうか。

そんなことを考えている天音を横目に、父は母に向かって頷《うなず》いて、明日の仕込みをすると言って調理場へ行く。

――え、臨時休業するの!?

店が予告なしに臨時休業になったのなんて、父母の病気以外で見たことがない。

天音が唖然《あぜん》としている間に、母は予約の相手先に、朝か夕方に品物を取りにきてくれと電話をかけ始める。

そうこうしているうちに、今度は兄から電話が入った。

夜十二時、無事出産。予定日より少し早いけれど、元気な男の子らしい。

兄は今から帰ってくると言っていた。美咲さんは、疲れてもう寝ているという。

兄の電話が終わると、父はすぐに『臨時休業』と大きく書き出し、母は早速ベビー服を何枚も鞄《かばん》に詰めた。

——初孫ってすごい。

天音はしみじみと思った。


翌日。予約の入っていたお菓子だけを作り終えた父は、病院に行きたそうにソワソワし始める。

天音は慌ててお菓子を包んで、すぐにお渡しできる状態に整えた。

だけど、日曜日に店を閉めるのは珍しいので、ご近所のかたが「なにかあったの？」と様子を見に来てくれたりで、意外と時間がかかってしまった。

十一時頃にようやく仕事が終わり、いったん部屋へ戻る。

荷物を取って出ようとしたところで、メールに気が付いた。

『今日は忙しいのか？』

数分前に大輔から送られてきている。

昨日のうちに、今日は昼休みに電話できそうにないことを連絡しておいたのだ。

土日に電話をできなかったことなどなかったから、きっと心配してくれたのだろう。

天音は少し考えて、すぐに電話した。

何時に戻ってくるかわからないし、心配してくれている彼を放置しておくのも気が引けるじゃないか。電話をできない理由を話しておこうと思った。

——などと、いろいろ理由をつけながらも……まあ、本当は話がしたかっただけだ。

みんなを待たせていることを自覚しながらも、少しだけだとスマホを耳に押し当てた。

『天音。今、大丈夫なのか？』

いつもより大分早くかけたので、大輔は意外に思ったようだ。

「うん。大丈夫です。牧戸さんは今、大丈夫ですか？」

天音が聞くと、笑い声と一緒に『大丈夫だよ』と言った。

「あの、今日は昼休みに電話できなくて」

その理由を言おうとすると——

『ああ、忙しいのか？　いいよ。こうやって今、声が聞けてるから』

と、なんとも甘い答えが返ってきた。

「あ……そ、ですか」

突然出てくる大輔のこういう言葉に、天音はまだうまい返しをできたことがない。

『まあ、長い時間、天音の声を聞けたら、それはそれで嬉しいんだけど』

さらに、こっぱずかしいセリフをかぶせてきた。

うう～と、思わず出た唸《うな》り声に、大輔の楽しそうな笑い声が重なる。

その時、天音の部屋のドアがいきなり開いた。

「天音、行くぞ！」

「ひゃっ」

兄がいきなり怒鳴り込んできた。

「ずっと待ってんだから、さっさと来い！」

「ごめん！　すぐ行くから！」

兄に返事をしてから、大輔にも謝る。

「ごめんなさい。また電話します」

『――行く？　仕事じゃないのか？』

「ああ、今日は臨時休業で……」

「天音っ！」

大輔が不思議そうに聞くことに答えようとするのに、天音の話を遮《さえぎ》って兄が叫ぶ。

「もう！　もうすぐ終わるんだから、いいでしょ、ちょっとくらい！」

そう怒鳴る天音に、兄が眉間に皺《しわ》を寄せて怒鳴り返す。

「俺のことも考えろよ！」

自分の子供が生まれたのだ。昨日、一度顔を見たとはいえ、一刻も早くまた行きたいに違いない。

その気持ちはわからないでもないので、天音は小さい声で、ごにょごにょと呟《つぶや》いた。

「わかってるわよ、そんなの……」

もうこれ以上、電話をしていられない。

説明は次の時にしようと諦《あきら》め、天音はまたも一方的に大輔に言った。

「説明はまた今度します！　すみませんっ」

なにか聞いてきている大輔の言葉を振り切り、天音は通話を終わらせた。

「お前、早くしろよ」

「五分くらい、いいじゃないの～」

普段はまったく電話なんてできないんだから。

口を尖《とが》らせると、怒りの表情に少し申し訳なさを滲《にじ》ませて兄は言う。

「父ちゃんと母ちゃんも待ってるんだから、今は急げ」

ふいに、昨晩からずっと待ち遠しそうにしていた父の顔が蘇《よみがえ》る。

天音は静かにコクリと頷《うなず》き、玄関へと向かった。

6

一方的に切れてしまった天音からの電話を握ったまま、大輔は自宅のリビングの天井を見上げ、ため息を吐く。

天音が新潟へ行ってしまってから、一ヶ月が経った。

思った以上に遠距離恋愛がきつく、少々参っている。

天音と思いが通じ合った時は、嬉しさに舞い上がっていた。

一週間後には彼女が新潟に行ってしまうのだと知った時も、それほどショックは受けなかった。

もともと数ヶ月帰省するというのは聞いていたし、大した問題じゃないと考えていたのだ。

——ああ、今思えば天音がまだ東京にいる間の一週間は、夢のようだった。

思う存分天音を可愛がって、ゆっくりと味わわせてもらった。

あの一週間は、ほぼ同棲していたようなものである。

天音はその間、毎日夕食を作ってくれた。

結婚したら毎日こんな風に食事を作ってくれるのだろうかと考えたら、幸せでたまらなかった。

家に帰ると、天音が「おかえりなさい」と出迎えてくれる日々。

数年したら子供もできて、その子供も大輔を出迎えてくれるのだろうか。

とはいえ天音も仕事をするだろうし、家事の分担については一緒に考えていかなくてはならない。

そこまで妄想して、気が早いかと笑った。

大輔がそんなことを考えている間にも、天音が寂しそうな表情をする時があった。

付き合い始めで、すぐに離れ離れになるなんて寂しい、と呟《つぶや》いていた。

そのたびに、大輔は湧き上がる喜びを抑えられなかった。

わざと、自分は平気だと装《よそお》って、天音に寂しそうな表情をさせたことさえある。

後から考えれば、可哀想なことをしたと思う。

天音が新潟へと帰る日、大輔は仕事だった。

休んで見送ってやれればよかったのだが、人事異動があったばかりで忙しい。

なかなか休みがとりにくい状況だった。
その日の朝、歯磨きをしている大輔の背中に、天音が抱き付いてきた。
天音は、大輔の背中に抱き付くのが好きなようだ。
背中に顔を押し付けて、なにも言わずにじっとしていた。
大輔は、口をすすいだ後、お腹に回された天音の手を握って言う。
『ちゃんと帰ってこいよ』
『ん……』
涙声がして、腕の力が強くなる。
大輔は、天音が寂しがってくれるのが嬉しかった。
このまま、新潟には帰らずにここに住めばいい。
そんなことを思ったけれど、家族との約束をそう簡単に破るべきではないだろう。
もちろん大輔だって、天音と一緒にいたいとは思っている。
だが、数ヶ月後からは、飽きるほど一緒にいられるのだ。
──結婚前に家族で過ごす時間っていうのも必要だろうし。
新潟での手伝いが終わって、東京に帰ってくれれば、天音と大輔は結婚するのだから。
天音が新潟に帰ってからも、考えるのは彼女のことばかり。
──ああ、婚約指輪も準備しなければ。

ふと思いついてから、街中を歩いている時、今までまったく興味のなかった宝飾店が気になるようになった。

婚約指輪は彼女と選ぶべきか否《いな》か。

サプライズで一人で買ってみようかと思って見に行ったが、まったくダメだった。

宝飾品に疎《うと》い大輔には、全部同じに見える。

なにより、指輪のサイズがわからない。

あんなに細かくサイズ分けされているとは思わなかった。S、M、Lの三サイズ展開とかじゃダメなのか？

さらに、不動産屋も暇潰《ひまつぶ》しのようによく見ていた。

今の部屋でも別に悪くはないだろうが、もう少し広いところに引っ越してもいいかもしれないと思う。

キッチンも綺麗《きれい》で広いものがいいだろう。

――ああ、やっぱり天音と二人で回らないと。

見るたびにそう結論付けるのに、また視線が不動産屋に向いてしまう。

まるで病気にかかったようだ。そう、恋の病《やまい》に。

そう思って、大輔は笑う。

ああ、天音に会いたい。

――この時もまだ、大輔は天音が新潟に行ったことを、結婚前の里帰り程度に考えていた。

声くらいは、毎晩聞けるだろうと思っていた。

大輔の仕事が夜中になる時は、謝罪のメールを打って――と考えていたら、天音のほうがずっと忙しかったのだ。

まず、勤務時間というものが存在していないように感じる。

自営業とはいえ朝五時から寝るまで働くっておかしくないか？

その間に家族の食事の準備なども入っているが、それは従業員への食事提供ってことで、調理員もしていると考えられる。

月曜日がお店の定休日らしく、それ以外の日は、八時前には疲れて眠ってしまうらしい。

大輔が休みの土日に、天音がかけてくれる電話。

それが一週間で唯一、天音の声が聞ける時間になりつつあった。

まだまだ彼女は、大輔に対して敬語が取れない。

時々は取れるようになって、話し方も気安い感じになってきたので、段々と取れていくのを気長に待っていた。

土曜日の昼。いつものように天音から昼に電話がかかってくる。

このためだけに昼は家にいるようになった。

『牧戸さん、今いいですか？』

そんな可愛い声が向こう側から聞こえてくるのだ。

「ああ。そのために時間を空けてたんだから」

甘い言葉をささやくたびに、向こうから慌てたような様子が伝わる。

目の前にいれば、抱き締めて腕の中から出さないのに。

そんなことを考えていると――

『天音』

男の声が聞こえた……と思ったら、天音の焦ったような声が聞こえた。

「今、忙しいの！　あっち行ってて！」

スマホを離して、誰かと話しているようだ。

すべて聞き取れるわけではないが、断片的に言葉が聞こえる。

『戻ってきてほしい』と男性が言うと、天音が『ちゃんと行くから』と答えた。

――戻る？　ちゃんと行く？　……なんのことだ？

「ごめんなさい。もう行かなきゃいけなくて」

嫌《いや》な予感に胸が軋《きし》む。「今の誰だ？」という言葉が出せない間に、天音は慌てて通話を切った。

天音の身に、いったいなにがあったというんだ。

電話を切る前に、男性の声がした。

あれは、誰だ？

そいつが来た途端、天音は慌てて電話を切ったのか?

——天音が浮気している? そんなわけはない。

そんなことにまで思考が達して、大輔は首を横に振った。

天音は自分を好いてくれている。それには自信がある。

男性の声がしたとしても、男性従業員かもしれない。

そう、兄もいると言っていたじゃないか。

大輔は、大きく息を吸って吐いた。

自分に余裕がなくなっていることを、ひしひしと感じる。

まだ、天音が向こうに行って一ヶ月だというのに、彼女に会いたくて、抱き締めたくてたまらない。

ああ、目の前にいてくれたらと、毎日のように思ってしまう。

大輔は、余裕ぶって自分が感じている寂しさを隠していたことを、後悔し始めていた。

その日の夜、天音から『明日は電話できないと思います。ごめんなさい』というメールが届いた。

時計を見ると、九時。別に遅い時間ではないが、天音はもう寝てしまっているだろう。

風呂に入っていたので、メールにすぐに気が付けなかった。

大輔は、昼から続くもやもやをどうにかしたくて、大きく息を吐き出した。

日曜日は大抵、昼頃に天音から電話がかかってくる。

今日は天音からの電話はないんだよなとため息を吐く。しつこいかなとも思いながら、『今日は忙しいのか？』と確認のメールをした。

その数分後、仕事中のはずの天音から着信があった。

……嬉しい。嬉しいはずなのに、複雑な思いがよぎる。

仕事中じゃないのか？

仕事中でも電話できるのか？　だったら、今までだってできてたはずじゃ――

大輔は天音を責めそうになる思考を振り払って、スマホを持ち上げた。

「天音。今、大丈夫なのか？」

思わず、嫌味《いやみ》を含んだ声が出てしまった。

対する天音は、大輔の心情などまったく気が付かずに、大輔のほうこそ大丈夫かと問うてくる。

邪気のない受け答えに、大輔がほっと胸を撫でおろした時――

『天音、行くぞ！』

『ひゃっ』

男性の大きな声が聞こえた。

――天音？

『ずっと待ってんだから、さっさと来い！』

明らかに怒っている様子の声だ。

『ごめん！　すぐ行くから！』

天音の受け答えが、仕事に行くそれではなく、まるで今からどこかに出かけるようなものに聞こえる。

「――行く？　仕事じゃないのか？」

低い声が出た。

苛立《いらだ》ちが抑えられない。

なんとも言えない感情が、自分を埋《う》め尽くしてしまいそうだ。自分でも驚くほど、怒っていた。

『ああ、今日は臨時休業で……』

天音の言葉に、驚きすぎて言葉を失う。

臨時休業？　日曜日に？　だったら、東京に来ればいいじゃないか。大輔が行ってもいい。

どうして、会いたいと思ってくれなかった？

聞きたいことはたくさんある。

なのに――

『天音っ！』

苛立《いらだ》ちと共に出そうと思っていた言葉は、他の男の天音を呼ぶ声に遮《さえぎ》られた。

『もう！　もうすぐ終わるんだから、いいでしょ、ちょっとくらい！』

天音の苛ついた声が聞こえた。電話の向こうにいる男と天音は、随分《ずいぶん》と親しく、気を遣わない間柄なのだとわかる。

同時に、『終わる』という言葉に、胸を押されたようなショックを受けている自分がいた。もうすぐ終わるって、なんだ。通話のこと、だよな？

心臓の音が、えらくうるさいと感じた。天音の声が聞き取れないじゃないか。

『俺のことも考えろよ！』

男性も天音に怒鳴っている。

ここまでの会話を聞いて、口の中がからからで、なにも言葉を出すことができない。

聞きたいことはたくさんあるのに――

『わかってるわよ、そんなの……』

という小さな天音の呟《つぶや》きに、なにも言えなくなった。どういうことだ。なんの話をしているんだ。

大輔が一言も発することができない間に、天音の申し訳なさそうな声が聞こえた。

『説明はまた今度します！　すみませんっ』

その声を最後に、スマホからは無機質な電子音だけが流れてくる。

大輔は混乱していた。

臨時休業になった日曜日に、天音は誰と出かけるというのか。今の電話の男と？

そんなはずはないと、自分に言い聞かせるが、不安がそっと忍び寄る。

――もしかして新潟で、天音の結婚話が今も強引に進められているのではないか？

電話の向こうの声は、『そろそろ戻ってこい』と言っていた。それはつまり、『そろそろ俺のもとへ戻ってこい』という意味だと考えられる。

天音が大輔と電話していることに気付いた相手の男が、大輔に聞かせるために、わざと今、その話を持ち出してきた可能性もある。

それに対して天音は、なんと答えていただろう……？

混乱しすぎてよく覚えていないが、喜んでというわけではないながらも肯定していたと思う。

寿退社《ことぶきたいしゃ》の噂はデマだったんじゃないのか？

それとも、田舎に帰って本当に、そういう話が持ち上がったとか？

天音も年頃の女性だから、帰省の機会に縁談が舞い込んでも不思議はないように思えた。天音は寿退社《ことぶきたいしゃ》を根も葉もない噂だと言い切っていたが、今決まっている予定はなくとも、過去に一度もそういう話がなかったとは限らない。

三年間も側で見てきて、想いが通じ合ってからの一週間は、あれほど一緒にいたのに——二人の間には、まだまだ会話が足りない。知らないことが多すぎる。

その事実が、大輔の心に影を落とす。

——なぜ、いきなり。

先週まで普通だったじゃないか。なにが起こったんだ。

大輔は、ぐっと手に力を入れる。

スマホは、自分はなにも知らないとばかりに沈黙している。

このままでは、大輔は不安で仕方ない。

ちらりと時計を見て、決心した。

——新潟に、行こう。

7

天音は、家族と共に美咲の病室を訪れていた。

ベッドの上の美咲は元気がよく、母子共に健康だそうだ。

ぎりぎり正産期までもってくれたらしく、赤ちゃんも二千五百グラムあった。

それでも小さくて小さくて、最初は潰《つぶ》してしまいそうで触るのが怖かったほどだ。

兄は、体中をこわばらせて、細心の注意を払いながら赤ちゃんを抱いていた。

みんなおっかなびっくりの中、軽く抱き上げていたのは母くらいだった。

病室で長々と時間を過ごし、二時間ほど経っただろうか、病室にお昼ご飯が運ばれてきた。さらに、昼食後には検診があるらしい。

さすがに、この人数が病室にいるには、長すぎたと思う。

そろそろ帰ろうかという段になって、父母は、この後お得意様たちに紅白まんじゅうを配って回るのだと言った。

やけに大荷物だと思っていたら、和菓子だったらしい。

帰る気になった二人の行動は早く、天音たちより一足先に出て行ってしまう。

それで天音が美咲の着替えなどを持って帰ることになった。

「俺は明日も来るから。名前、これでいいかしっかり考えとけよ」

「うん。それがいいと思う」

美咲はにこにこと笑って、兄が書いてきた『命名　衛《まもる》』の紙を眺めていた。

そして明日、兄が出生届を市役所に提出しに行くのだ。

「おう。じゃあな」

兄と一緒に、天音も美咲に手を振って病室を出た。

「まもる、かあ。キラキラネームじゃなくて安心した」

病院の玄関を出て歩く。

車は父母が乗っていってしまったので、兄と二人で歩きだ。荷物くらい積んでもらえばよかったと、今頃気が付いた。

「最高の名前だろう」

兄が胸を張る。

その誇らしげな姿を見て、天音がくすくす笑いながら頷《うなず》いた。

兄が天音の手から紙袋を受け取り、二人一緒に前を向いたところで、突然声をかけられた。

「天音っ！」

その、聞き覚えのある声に、天音は慌てて声の方向を見た。

そこには、大輔が息を切らして立っていた。

「牧戸さん……!?」

驚きすぎて大輔を凝視《ぎょうし》したまま動けなくなっている天音の代わりに、大輔がどんどん近寄ってくる。

大輔は兄と目を合わせると、ギッと睨《にら》み付けた。

………あれ？　なぜ兄を睨《にら》み付ける？　天音はわけがわからなくて、ぽかんとしてしまった。

兄も、戸惑ったように視線を揺らす。

そんな、天音たちの戸惑った空気に気が付かない大輔は、いきなり天音を抱き締めた。

「ふわゎわっ⁉　ちょっ……⁉」

いきなりだったので、思わず抵抗してしまった。

――こんな道の真ん中で！　しかも、家族の前というのはちょっと！

天音の抵抗が気に入らないようで、大輔はさらに力を入れてくる。

感動の再会ってことで抱き合っている、という解釈でいいならば天音も思い切り抱き付くのだが、大輔の鬼気迫った感じがそうではないと知らせてくる。

大輔は天音を抱き締めたまま、兄に視線を向けて言った。

「これ、俺のだから」

――まさかの家族へのご挨拶《あいさつ》⁉　……ってそんなはずがない。

「はあ……」

兄がぼんやりと返事をしている。

兄以上に、天音もわけがわからない。

大輔がいきなり来て、兄に向かってこんな物言いをするはずがない。

おかしいことはわかるのに、大輔がなにをしたいのかがわからない。天音が呆然《ぼうぜん》としていると、大輔の眉間に皺《しわ》が寄る。

「天音、お前、今産婦人科から出てきたよな」

大輔が怒りながら言う。なぜ怒られるような状態になっているのかと戸惑いながらも、隠すことではないので頷《うなず》いた。

「あ、はい。赤ちゃんの……」

いや、義姉のお見舞いって言うべきだったか？

妙なところでこだわって、言葉を区切ってしまったことで、大輔が声を荒らげる。

「どういうことだ。……できたのか？」

できたのか？

そういえば、義姉が妊娠中でってことまでは教えていた気がする。

大輔は、まさか生まれたお祝いにでも駆けつけてくれたのだろうか。

「はい」

変な言い方だなと思いながら、天音は頷《うなず》いた。

――つい数ヶ月前、変な言い回しだなと思いながら放っておいて大変なことになったのを、思い出しもせずに。

そして、隣に立つ兄の微妙な視線に気が付く。

そういえば、家族には彼氏ができたことを恥《は》ずかしくて曖昧《あいまい》にしていたんだったと思い至る。

大輔が妙な挨拶《あいさつ》をかましていたが、折角《せっかく》出産のお祝いに駆けつけてくれたのだから、紹介しなければ。

「あの、彼が……その」

大輔は天音の元上司だ。

兄は兄で……どっちをどっちに紹介するのが先だ？

兄は身内だが大輔よりも年上で、大輔は彼氏だが元上司で……

思わず悩み、手が左右に振れてしまう。

「この男の子供？」

大輔が兄を示して言う。

この男とは、大輔にしては失礼な物言いだ。

天音の兄に対して取る態度ではないと思うのだが、いったいどうしてしまったのだろう。

違和感がありながらも、天音はそこを指摘するよりも先に頷《うなず》いた。

「はい」

兄がなにかを言おうと口を開くが、すかさず大輔が叫んだ。

「俺の子かもしれないだろう!?」

「ええっ!?」

――って思わず驚いてしまったけれど、

「そんなわけないじゃないですか！」

と、すぐさま否定する。なぜいきなり父親になろうとする。しかも、美咲の夫である兄の前で。不倫を宣言しているようなものだ。

天音は、大輔の思考の飛躍《ひやく》に目を白黒させる。

「そんなわけないことないだろう？　可能性はあるじゃないか」

「えっ？　あるの？　え？　え？」

大輔は美咲と知り合いなの？　……え、そんなことってある？

天音が混乱しているうちに大輔が言葉を重ねる。

「ああ。天音がこっちに来る前だから、一ヶ月以上経っている」

こっちに来る前⁉　大輔と美咲はずっと前からの知り合いだったということか――？

「そんな……だって、牧戸さん、私のこと好きだって言ってくれたのに！」

その頃から美咲と関係があっただなんて！

「言ったよ！　天音はそうでもないみたいだけどな！」

急に気持ちを疑われて、天音はかっと頭が熱くなる。

「私はずっと好きだった！　ずっと片想いしてて……気持ちが通じたと思って、すごく嬉しかったっ……！」

「じゃあ、この状況はなんだよ⁉　お前は、どれだけ俺を振り回す⁉」

大輔が苛ついたように髪をかき上げて天音を睨《にら》む。

「振り回してなんかないよ！　なんでっ……！　あんなに優しかったのに、あの時からなのっ？」

彼に優しく抱かれた記憶が蘇《よみがえ》って、切なさに胸が苦しい。

美咲が妊娠している間に、彼は天音をあんなに優しく抱いたというのだろうか。

「あの時からってなんだよ……？」

大輔がわけがわからないと言うように首を横に振って、天音に苛立《いらだ》った視線を向ける。

「俺がどれだけお前のことが好きかわかってないだろ！」

大輔の言葉に矛盾を感じて、天音は涙ぐむ。言われている内容は嬉しいはずなのに、悲しくて、涙がこぼれそうだった。

天音を好きだと言いながら美咲と同時進行で関係を持っていたと、宣告を受けたようなものだ。

「牧戸さんこそ！　絶対私のほうが好きだもの！」

叫ぶようにして答える天音に、大輔が鼻白《はなじろ》んで応戦する。

「俺のほうが好きだ！」

「私のほうが……！」

ヒートアップして、お互いにどんどん声が大きくなってきたところで、兄が呟《つぶや》いた。

「あ～……お前ら、よそでやってくれ」

その声に、はっと我に返った。

慌てて周りを見渡すけれど、幸いなことに辺りに人はいなかった。

ただ、兄が呆《あき》れた顔で天音たちを見ているだけだ。

兄の顔を見て急に冷静になって恥《は》ずかしがる天音をよそに、大輔はその言葉さえも気に入らないと、兄を睨《にら》み付ける。

「よそで？　自分たちの問題だろう？」

その言葉に、天音は傷つく。

そうだ。美咲は兄の妻だし、美咲の赤ちゃんを自分の子だと主張するならば、兄も当事者になる。

天音のほうが部外者だ。

きゅっと胸を押さえ天音が俯《うつむ》くと、兄はわざとらしいくらい大きなため息を吐いて言った。

「いや……お前らさ、そろそろ自分らの会話がおかしいことに気が付け。特に天音」

「え！　私？」

彼氏の浮気に傷ついている妹を、これ以上責めるとは何事だろう。

ムッとして睨《にら》み付ける天音を、兄は苦い顔で黙らせる。

「俺は、妹の性行為の履歴を知りたくはない」

兄が淡々と告げる言葉に、天音は真っ赤になる。

「りっ……履歴なんて！」

「妹？」

天音が叫ぶのと同時に、大輔が首を傾《かし》げる。

兄は、大輔のほうを見て頷《うなず》いてから、頭を下げた。

「バカな妹ですまんね。俺の子が生まれたんで、その見舞いに来たんだよ」

さっきからそう言っていたはずだ。

それを、大輔が「俺の子かもしれない」と言うから、大輔と美咲の間に関係があったのかという話をしているのだ。

「だから、牧戸さんと美咲さんが……」

天音が言いかけたところで、大輔が両手で顔を覆《おお》って俯《うつむ》いた。

「……ああ。わかりました」

大輔はしばらく考えて、天音をちらりと見てから、深いため息を吐いた。

――なんなんだ。まるで私が悪いみたいだ。

「すみません。早とちりを」

「いや、こいつの受け答えじゃ、そう取られても仕方ない。アホだなと思ったよ」

大輔が頭を下げるのを見て、兄は苦笑いする。

わけがわからず、天音はムスッとした顔をした。

不機嫌な顔をした天音を放って、大輔はさっさと自分で兄に挨拶《あいさつ》してしまう。

「牧戸大輔と申します。以前、天音さんが勤めていた会社で直属の上司でした。今は、お付き合いをさせていただいております」

お付き合いという言葉を聞くと、天音は真っ赤になった。

どうして、身内に彼氏を紹介するのって、こんなに恥《は》ずかしいのだろうか。

丁寧に頭を下げる彼に、兄はにっこりと笑う。

「このバカの相手は苦労するだろうに。兄の翔太です。よろしく」

面白さが込み上げてきたというように、くっくと声を立てて笑う兄をほっとしたように見て、大輔はもう一度頭を下げた。

「子供が生まれたんで、今日は店を休んだんだ。天音をいつも忙しくさせて悪いね。明日も休みだ。二人でどこかに泊まってゆっくりして来い」

兄は猫でも追い払うみたいに手をしっしっと動かす。

しかも泊まるってなんだ。話の展開についていけない。

そう思っていると、大輔が満面の笑みを浮かべた。

「ありがとうございます」

「え、泊まるの？」

天音は明日も休みだが、大輔は仕事のはずだ。

「ああ」

なんだ、その「当然だろ？」みたいな表情は。兄も、なんだ、その「今さら」とでも言いたげな表情は。

天音はちょっとムッとしながら、大輔を睨《にら》んだ。

そんな天音にまったく構わず、兄は軽く片手を振って、家のほうへ足を向ける。

「さすがに、ホテルまでご案内はしないから。じゃあな」

「はい。またご挨拶《あいさつ》に伺います」

大輔が兄の背中に声をかけると、兄は少し振り返ってニヤリと笑う。

「ああ。大御所《おおごしょ》がいるからな。心して来い」

大御所《おおごしょ》？

ここでも首を傾《かし》げる天音に、彼らは説明する気がないらしい。

これだから、頭がいい奴は嫌いだ。

苛つきながら兄の背中を見送っていると、大輔が天音の手を握る。

どきんとして見上げたら、眉を下げて微笑む大輔の顔があった。

「早とちりした。ごめん」

そんな風に素直に謝られては、どうしようもない。

天音は、手をつないだことによって段々と顔に集まってくる熱を誤魔化《ごまか》すように、首を横に振った。

「え、と……私、またやっちゃったってことですか？」

適当な受け答えで、相手に誤解させてしまったということだろう。

思い返せば、心当たりはしっかりとある。

彼女の兄に赤ちゃんが生まれて「できたのか？」とは聞かないだろう。

まあ、そう聞く人もいるのかなとスルーしたのだが、しっかりと考えればおかしい。しかも、美咲と大輔の仲を誤解するなんて、飛躍《ひやく》にもほどがある。

天音は情けなさに俯《うつむ》いた。

「ああ、まあ、俺も思い込んでたからな」

大輔は、天音の手を引いて歩きだした。

「いきなり怒って悪かった」

大輔は天音の手をぎゅっと握って謝ってくれた。

「私も、誤解させてごめんなさい」

見上げると、大輔は照れくさそうに笑っていた。

二人で手をつないで、街を歩くなんて初めてだ。

ドキドキしていたら、のんびりした声が聞こえた。

「なあ、腹減らね？　ラーメン食べたい」

なんかもう、ときめきとか緊張とか、台無しだ。

「美味しいとこ、案内して」

「は～い」

ちょっと面白くなくて、ブスッとした顔になってしまったのは仕方がない。

なりゆきとはいえ、初デートみたいなものだ。そういう時は、カフェとかレストランとか、おしゃれなところに行くものじゃないのか。

大輔は天音の顔をちらりと見て、ふっと笑った。

たったそれだけだけど——大輔の笑顔をすぐ側で見られたことに、天音は嬉しくなる。

会いたかった。会えて嬉しい。

実際に彼に向かってそんな言葉は言えないけれど、天音は握った手に力を込めた。

案内したのは、新潟にいた頃はよく来ていたラーメン屋さん。

新しいお店が増えていたけれど、どこが美味しいとかわからなかったので、慣れ親しんだ場所にした。

結果から言えば、大好評だった。

ラーメンをそれぞれ頼んで、チャーハンとギョーザを二人で分ける。大輔が取り分けてくれるので、遠慮して食べられないということもなかった。むしろ、多いので、少しお返しした。

「え、そんだけしか食べなかったっけ?」

などとぬかすので、テーブルの下で足を蹴ってみたり。

ただ街を一緒に歩くだけで楽しくて、用もないのにあちこちのお店を見て回った。

ずっと一緒にいたくて、天音は大輔の手を握って彼の腕に頬を寄せた。

「天音?」

空が赤く染まり始めて、泣きそうになってしまう。

今を楽しめばいいと思うのに、彼が駅のほうを見たような気がするたびに、不安に胸が軋《きし》む。

——一緒に帰りたい。

「もう行く?」

行く……ってどこに?

大輔が天音を覗き込み、天音は首を傾《かし》げる。

わかっていない様子の天音を困ったように見て、大輔が「まあいいか」と呟《つぶや》く。

大輔が歩き始めるのに、天音は頭にはてなマークをいっぱい浮かべたままついて行く。

「天音、化粧道具は持ってるんだよな？」

「え？　はあ、基本的なものくらいは……」

なぜ今、化粧品の話？

「だったら、他はアメニティで我慢してもらって」

アメニティ？　さらになんの話だ。

手を引かれるままについて行くと、駅前のビジネスホテルに入っていく。

「牧戸さん、泊まるのっ？」

ロビーに入った途端、驚いた声を出してしまって、大輔が渋い顔をする。

「さっき言っただろう」

兄と大輔がそんな話をしているのは聞いた。

――だけど。

「明日の仕事は？」

天音が休みだとしても、大輔は仕事だ。休みが一緒だったらこんな心配はいらないのに。

「来る前に休み取ってきた。俺は泊まりの準備をしてある」

課長にメールして、了承の返事を新幹線の中で受け取っているという。

「まあ、急だから午前中だけだが」

手際のよさに目を丸くする天音を放って、大輔はあっという間にチェックインを終わらせた。

予約まで万全だったらしい。

フロントからなにやら大きな袋と鍵をもらって、大輔が天音を促《うなが》す。

初デートで初お泊まり……いや、大輔の家には何度も泊まっているので、初お泊まりではないのだけど。初旅行……いや、天音は旅行じゃないので、そうとも言えない。

天音の思考が妙なこだわりを持って彷徨《さまよ》っていると、部屋に辿《たど》り着いた大輔が振り返って不思議そうな顔をする。

「なにしてんだ？　入れよ」

「あ～、はいはい」

相槌《あいづち》を打ち、天音は室内に入った。

そして、固まる。

ビジネスホテルと思っていたのに、想像以上に広い室内と……ダブルベッド。

「とりあえず、天音、脱げ」

振り返った大輔が天音を見下ろして言う。

「はああっ？」

驚く天音をスタスタと部屋の真ん中まで連れてきて、彼女のトップスに手をかける。

「ちょ、ちょちょ！　待って！　なんでいきなり！」

脱ぐのは……まあ、お泊まりだし？　そういうことにもなるだろうけれど、いきなり「とりあえず脱げ」ってどういうこと！

「クリーニングに出す。夕方六時までに出せば朝に間に合うらしい」

「え？　え？」

言葉が足りなすぎませんか!?　意味がわからない！

「お前、着替え持ってないだろ。明日、濡れたままの下着を着たくないなら、脱げ」

濡れたって……!?

——濡れないかもしれないじゃない！　なんてことを言えば、大輔が「へえ」なんて言って笑う。

だけど、いきなり脱がされるのは恥《は》ずかしすぎる！

じたばたと抵抗しているのに、Ｔシャツを押さえればスカートを脱がされ、そっちを押さえようとすればＴシャツをまくり上げられる。

「あっ……やんっ！　だめっ……！」

大輔の手に翻弄《ほんろう》されて、五分後には——

「ふにゃあぁん」

一人シーツにくるまって、涙目で大輔を睨《にら》み付ける天音がいた。

大輔はフロントでもらった大きな袋に天音の服を下着込みでまとめて入れ、自分の服も上だけを入れて、部屋の外に出した。

大輔がシーツにくるまった天音をちらりと見て、フロントに「今出しました」と電話をかけている。

……脱げと言った理由はわかったけれど、恥《は》ずかしくて死にそうだ。

おかげで先ほどは変な声を出してしまった。

大輔的には、まだまだそんなつもりないのに、天音があっさりそういう気分になったような感じだろう。

ものすごく、いたたまれない。

出したくて出した声ではないけれど、こんなことなら、絶対に声を出さないように息を止めるなどしたのに。

お風呂も入らずに、このまま綺麗《きれい》なシーツにくるまっているのは落ち着かないので、大輔が電話のほうを向いているうちに、お風呂に行かせてもらおう。

天音はもぞもぞと動いて、素っ裸のまま部屋を横切らなければならない羞恥心《しゅうちしん》を無理矢理我慢して、ベッドから下りた。

駆け足でバスルームに向かい、ドアを引いたところで、ガシャンとなにかに当たった。

見上げると……

「なに、一人で入ろうとしてんの。俺も入る」

「えええ!?」

すぐ側には上半身裸の大輔がいて、眉間に皺《しわ》を寄せている。

「だめだめっ！」

しかも天音は今、裸だ。こんなに明るい室内で、ショーツさえ穿《は》いていない！

天音は自分の体を手で隠しながらも、大輔を押し退《の》けるようにしてバスルームに籠《こ》もろうとした。

「ダメじゃない」

軽くドアを開け、大輔が天音を押し込みながら入ってくる。

いろいろ同時にしようとしていた天音は、上手く力が入らずに、あっさりとバスルームの中に押しやられてしまう。

バストイレ別タイプで、脱衣所の向こうに浴室がある作りだった。すりガラスの引き戸の向こうに、バスタブがぼんやり見える。

「あんないい声で啼《な》きやがって、さらに我慢しろとかどんだけ頑張らせる気だ」

いい声って……!?

脱衣所の鏡には、顔どころか首から下も真っ赤に染めた天音が、情けない顔で映っていた。

「そんなっ……そんな」

そんなつもりじゃなくはないけれど、どう言えばいいかわからなくて、天音は首を横にぶんぶんと振った。

「そういうんじゃないって……？」

大輔は、天音が言おうとしたことを正確に読み取ったらしい。

しかし、ニヤリと笑って天音を壁に追い詰める。

「でも、俺はそういう気分に思いきりなったんだ。……相手してくれるよな？」

顔の両側に手をつかれて、吐息さえ感じそうな至近距離で顔を覗き込まれる。

大好きな彼にそんなことをされて、ときめかない人なんていないと思う。ついでに、ちょっと怖いし。

天音は逆らえずに小さく頷《うなず》いた。

涙目で見上げる天音を目を細めて見下ろして、大輔は優しくキスをする。

久しぶりのキスは、優しくて優しくて、胸がじんとした。

もっとしてほしくて、天音は大輔の首に腕を回す。

知らずに、涙が頬を伝っていた。

「……天音？」

不思議そうな声で呼ばれて、天音は目を開ける。目の前が霞《かす》んで、涙が溢《あふ》れていると知った。

「あれ……？」

特に泣きたいわけでもないのにどんどん溢《あふ》れてくる涙に戸惑いながらも、大輔から離れたくなくてぎゅっと抱き付いたままでいると——

「寂しかったよ」

と、大輔がそっとささやいて、力強く抱き締め返してくれる。

その言葉で、天音はようやく自分が寂しくて、会えて嬉しくて涙をこぼしたことを知る。

「うん……会えて、嬉しい」

勘違いさせてしまったせいで新潟まで来させてしまったのだけれど、申し訳ないと思う以上に、会えて嬉しい。大輔に触れられるのが幸せだと思う。

そう言って、お互いの唇を食《は》むだけのキスを、何度も繰り返した。

裸の天音の体が少し冷えてしまうくらい時間が経った時、大輔がわざとリップ音を響かせて唇を離した。

その音が聞こえるだけで、天音の頬がさらに赤く染まることを知っているのだ。

大輔が浴室の引き戸を開けて、天音を促《うなが》す。

「俺も脱いだら入るから。シャワー浴びてて。……洗うのは俺がやってあげるから、なにもするなよ」

ふわふわしながら彼の言葉を聞いて、シャワーコックをひねる。

熱いお湯が降り注《そそ》いで、今日一日歩き回った汗を流していく。

体は洗ってくれる……って、洗ってもらうわけない！

ハッと正気に戻って、慌ててボディソープを手に取った……ところで、大輔が入ってきた。

「へえ？　言うことが聞けないみたいだな」

まったく隠す様子も見せずに入ってくる大輔の下半身が視界に入って、天音は声にならない悲鳴を上げる。

——どうして、その状態で隠さずにいられるの⁉

準備万端《ばんたん》のその状態で、胸を張って入ってくる神経が信じられない。

思わず手で顔を覆《おお》って、その手にボディソープがついていたことに気が付く。

どろりとした液体が顔にべったりと張り付いて、慌ててシャワーで流そうと、大輔に背を向けた。

顔についてしまったボディソープはなかなか流れ落ちてくれなくて、そうしているうちにうしろから抱き締められる。

腰には、当然彼の硬い感触がある。

「天音が顔を洗っている間に、俺は体を洗ってやろうな？」

「待って、お願いッ……！」

まだ目を開けられずに制止の声だけを上げるが、彼の手が止まるはずもない。

大輔もボディソープを手にしたようで、ぬるりとした感触が体を這《は》う。

「や、あっ……まきとさっ……！」

両胸が彼の手に包まれる。先端だけを摘《つ》まれて、泡でキュキュッと揉まれてしまう。

天音が背をそらせば、彼の唇が天音の首筋に吸い付く。

大輔は腰を落として、自分自身を天音の足の間に差し込む。

「はっ……あ、んっ。ばかあ」

やっと目を開けられる状態になって自分の体を見下ろしたところ、泡に包まれて形を変える胸と、足の間から生えてきているような彼の屹立《きつりつ》が目に入った。

「ん？　まだ下は石鹸《せっけん》付けてないのに、滑りがいいな。どうしてだろうな？」

屹立《きつりつ》を、天音の秘所にこすりつけるように、大輔は腰を揺らした。

いきなりの快感に、天音の足はがくがくと震える。

目の前の壁に上体を寄りかからせると、大輔が「いいね」と機嫌よく呟《つぶや》く声が聞こえた。

胸を揉んでいた手が、泡と共にお腹から足へと下りてくる。

内股をするりと撫でられて、自発的に軽く足を開いてしまったことに気が付いた。

「素直だな。そう、綺麗《きれい》にしてやろうな？」

秘所をこすり上げていた屹立《きつりつ》の代わりに、大輔の指が中に潜《もぐ》り込んできた。

シャワーの音に紛れて、くちゅくちゅと水音が聞こえる。

「ふ……んっ、あっ……あぁんっ」

「困ったな。綺麗《きれい》にしてるのに、次から次に溢《あふ》れてくるよ」

「やっ……だめぇ。もっ、立ってられないっ……！」

壁に両手をついて、必死で立っている天音に、大輔は優しく言う。

「そうか、まだ洗っている途中なのに……じゃあ、天音。こっちに来てごらん」

秘所から指を抜いた大輔が、天音の両肩をそっと抱き寄せる。

彼は、浴槽のふちに腰かけて、自分をまたぐように天音を座らせた。

腰をぎゅっと密着させられて、彼の屹立《きつりつ》が天音の襞に包まれる。

「え、ちょ……！　こんなのっ」

背筋を駆け上がる快感に震えながら、天音は大輔を見上げる。

すると、蕩《とろ》けそうな笑顔の大輔がいて、唇が降ってきた。

「ふっ……ぅんっ、んん」

大輔の笑顔とキスが嬉しくて、鼻から甘えたような声が漏れる。

大輔の舌が天音の歯列をなぞり、口内を味わうようにゆっくりと動き回る。

その間にも溢《あふ》れ出した天音の蜜が、大輔のものを濡らして、襞が吸いついていくみたいだ。

もどかしさを感じながらも、天音は大輔からもらうキスをやめる気はない。

彼の舌が天音の舌と絡まり、吸い、軽く歯を立てる。同じように、天音も舌を伸ばして、彼の舌に吸い付く。

「ん……上手になったな」

よくできましたというように、髪を梳《す》かれ、頬に軽いキスをもらう。

大輔は、天音が息苦しさにはふはふと呼吸をして返事ができないでいる様子を見ながら、首筋から胸へと舌を這《は》わせていく。

「ふあっ……んっ。あっ……、は、んっ」

意味を成さない甘い声が天音の口から絶えずこぼれ落ちる。

大輔の舌は首筋から胸へ、胸の先端へと動いていく。

天音は、胸の突起《とっき》を口に含まれることへの期待で大輔の肩をぎゅっと掴《つか》んだ。

ふと、大輔が上目遣いで天音を見たと思ったら、ふっと笑って、突起《とっき》は掠《かす》めるだけで、他の場所にキスを落としていく。

「あ……ん、ゃ……」

思わず、ねだるような言葉を発しそうになって、天音は慌てて口を閉じた。

それをわかっていないのか、大輔は先端ではなく周りに柔らかく触れながら、胸からお腹へと移動してしまう。

けれど、この場でこの体勢ではそれより下に行けるはずもなく、大輔からお腹を可愛がられている状態。

天音の腰が無意識に揺れる。

大輔のものに自分をこすりつけることで得られる快感で、触れてほしい場所に触れてもらえないもどかしさを解消しようとしていた。

すると、突然大輔が体を少し離して、また唇を重ねてきた。

キスは嬉しい。キスは好き。たくさんしたい。

――だけど。

「まきと……さんっ」

天音の体がふるふると震えて、目尻から涙が一筋流れていく。

待ち望んでいる体が、彼の手がほしいと訴えている。

腕に力を入れて彼にくっついてみても、優しく抱きとめられるだけでそれ以上してくれない。

「やだあ」

泣き声が漏れた。

小刻みに動いてみても、満足のいく快感が得られなくて、天音はもどかしさに首を横に振る。

「天音……ほしい？」

大輔の熱い声が降ってくる。

彼の情欲に濡れた声に煽《あお》られて、天音は目に涙をいっぱいに溜めて大輔に縋《すが》り付く。

「ほしい……っ！　ほしいの。まきとさんで、いっぱいにして」

大輔の息を呑む声が聞こえたかと思うと、天音の体は少し浮き上がって、次の瞬間には彼が天音のぐちょぐちょに濡れた場所に入ってきた。

圧迫感と同時に背筋を駆け上がる快感が、天音の頭を白く塗り潰《つぶ》していく。

「はっ……あぁぁぁぁっ」

頭をうしろにそらす天音の喉元に、大輔が食いついて舌を滑らせる。

天音は彼の肩を力いっぱい握って、快感に耐える。

「天音、動くぞ」

こんな時に、なんて鬼畜《きちく》なと思ったが、正常な反応もできずに首を横に振っただけだった。

そんな天音の動きが見えていないのか無視をしたのか、大輔が天音を突き上げた。

もうすぐそこまで来ていた快感の波に、天音は軽く乗ってしまう。

そして、彼に連れられるままに、天音の体はピンと伸びた。

「ふっ、んんぅ。んっ……」

二、三度びくびくと体を跳ねさせて、天音の体が弛緩《しかん》する。

大輔に寄りかかって荒い息を吐く天音の耳たぶにキスをして、彼はささやく。

「ベッドに行こうか」

怠《だる》い体を起こすと、大輔が意地悪そうな顔で笑っていた。

「このままここで最後までしてもいいけど、ゴムがないんだ。妊娠は結婚式が済んでからのほうがいいだろ」

――避妊！　結婚！

天音の頭が急に覚醒《かくせい》して、大輔から離れようとして、床におっこちた。

大輔も天音が急に暴れると思っていなかったようで、捕まえきれなかったのだ。

浴室の床に尻餅をついた天音は、顔をしかめる。

痛みはそれほどではないが、びっくりした。

「天音……それは、ここでやられたいという意思表示か？」

ふと見ると、大輔が天音の前にしゃがみ込んで、彼女を眺めていた。

え、意思表示って、なんの？　と思っていたら、突然膣に指を二本差し込まれた。

「ふあっ!?」

「こんな大股おっぴろげて誘惑して。さっきまで俺が入っていたせいで、ぱっくり口開けてるのが丸見えだ」

天音は、大輔に跨《また》がった体勢から滑り落ちたので、足を思い切り広げたままだったのだ。

「あっ……ちが、ちょ……っ！」

閉じようとした足を押さえられ、彼の指がぐじゅぐじゅと天音の中をかき回す。

どんどん大きくなる水音に、自分がどれだけ蜜を溢《あふ》れさせているのかと、恥《は》ずかしくなる。

「おねが……っ、牧戸さん、ベッド、つれてってぇ」

このままここでいじられ続けるのは恥《は》ずかしすぎる。

浴槽は、すべての音が反響して、水音が大きくいやらしく響くのだ。

「続き、してほし……のぉ」

抱っこしてもらおうと両腕を伸ばすと、大輔は眉間に深い皺《しわ》を寄せて、軽く唸《うな》りながら天音を抱きかかえた。

大輔が怒ってしまったのだと思って、天音はしがみついて首筋に頬ずりをする。

「怒らないで……」

天音が言うと、息を呑む音が聞こえて、数瞬の後、大きなため息が聞こえた。

「怒ってない。余裕がないだけだ」

低い声でなにかを我慢するように、大輔は言う。

それに天音が問いかける前に、大輔は天音を下ろしてタオルを手に取った。

天音は脱衣所で手早く拭かれ、大輔はそのバスタオルを肩にかけると、彼女をベッドに運ぶ。

ちょっと乱暴なくらいに、ベッドにぽすんと落とされた。

大輔は手荒く自分の髪を拭きながら、バッグの中から箱を取り出す。

天音はそれがなにかを認識して、期待にジワリとあそこが潤《うる》んできてしまう。

早く来てほしいなんてことまで頭によぎって、頬を熱くした。

大輔は一袋取り出してから振り返って、天音を見ると、ニヤリと笑う。

「そんな顔して……ひどい目に遭わされるよ？」

大輔はぺろりと舌なめずりをしながら、天音に覆《おお》いかぶさってくる。

さっきまでは、あれよあれよという間にお風呂でそういうことになってしまっていたから、大輔をじっくり眺めたりできなかった。

天音は、自分に触れる彼の姿をうっとりと眺めた。

じっと自分を見つめる天音に、大輔が首を傾《かし》げる。

彼のそんな可愛い仕草も嬉しくて、天音は両手を伸ばして大輔の首に腕を回した。

彼の体をぎゅうっと引きつけて、天音はほっと息を吐く。

「会いたかった……。牧戸さん」

もう何度言ったかわからない。

だけど、何度でも言いたい。だってずっと寂しかったのだから。

「ん。俺も会いたかったよ」

同じ言葉を返してもらって、天音はくすくすと笑った。

「大好き」

そう言って、自分からキスをした。

すぐに離れるつもりだったけど、大輔が舌を伸ばしてきて濃厚なものへと変わる。

彼の手は、無防備な天音の胸を遠慮なく揉みしだき、突起《とっき》をくりくりと捏《こ》ね回す。

「あっ……は、んぅ」

キスをしながら喘《あえ》ぎ声を上げる天音を、大輔はどんどん追い詰めていく。

「気持ちいい？　次はどうしようか？」

きゅっと強く胸の先端を摘《つ》まれ、少し痛かったはずなのに、天音の体はびくんと大きく震えた。

痛みもなにもかも、彼から与えられる感触は、すべて快感に変わってしまうらしい。

天音は痛いくらいにされたことまで快感に感じてしまう自分に頬を染めて、涙を滲《にじ》ませる。

そんな天音に、大輔は強く摘《つ》まんだそこに唇を寄せる。

「痛かったか。悪い」

ぷっくりと立ち上がったそこを、ぺろりと彼の舌が優しく舐める。

またびくんと大きく感じてしまう。大輔はそこを口に含んで、飴玉でも転がすようにぴちゃぴちゃと舐め始める。

「ひゃ……あ、ぁっ！　いた……く、ない。ああんっ」

痛くなんかないから、もっとぎゅっと痛いくらいに激しくしてほしい。

天音はもっともっとと、強い刺激を求めてしまう。

体をくねらせて、彼の舌や手を追いかける天音に気が付いて、大輔は声を出さずに笑う。

「天音、足を開け。この状態じゃ入れにくい」

大輔からかけられた言葉に、天音が戸惑って彼を見上げる。

今までは、彼が勝手に足を持ち上げてくれていたのに。

大輔に「開かされる」のではなく、「自分から足を開く」のは、なんて恥《は》ずかしいのだろう。

天音が戸惑って大輔を見ても、大輔は手を止めて、天音を眺めている。

全身が彼を求めている。彼に触れられるのを震えるほど待っているのに、彼は天音を優しく見下ろすだけ。

「まきとさぁん」

天音が泣き声を上げても、大輔はにっこりと笑う。

涙の滲《にじ》む目で睨《にら》みつけても、その表情は変わらない。

天音は、彼に触ってほしくて、我慢できずにそろそろと足を左右に開いていく。

大輔は、その様子をうっとりと眺める。

天音は見られていると思っただけで、また秘所が熱を持ち始めたことに気が付いた。

自分は、いつからこんなに変態になったのだろう。

彼が秘所を見つめるだけで、じゅわっと愛液が溢《あふ》れ出してくるのだ。

天音が目を伏せて、最後は一気に自分の両膝を抱えると、よくできましたと言うように、大輔が内股にキスをした。

そして、天音の襞を掻《か》き分けて、一本の指で下から上へと探っていく。

「ぐしょぐしょじゃないか。どれだけ濡らしたんだ」

意地悪な声に、天音は全身をピンク色にする。

「だ、だって……！」

天音が反論しようとするのに、しゃべらせないとばかりに大輔が秘所に指を差し入れてくる。

「んあっ！」

膝を抱えたままびくりと震える天音の足の間に入り込んで、彼は言う。

「ああ、可愛いここが丸見えだ」

大輔はそう言って、くぱっと襞を両側に押し開く。

「やあっ！　見ちゃダメっ……、んんぁあっ」

天音は訴えるものの、こんなぬるぬるの状態でダメだなんて言っても説得力がないのは、自分でもわかっていた。

「……美味しそうだ」

大輔の呟《つぶや》きが聞こえて、天音が反応するより先に、彼は花芽に吸い付いてしまう。

ぴちゃぴちゃとわざと大きな音を立てて、彼はそこを丹念《たんねん》に舐める。

舌でくるりと花芽を転がした後、ゆっくりと襞を掻《か》き分けて膣へと到達する。

彼の長い舌が中に入ってきて、その熱さに驚く。

天音は体を震わせるばかりで、強すぎる快感を逃す術《すべ》もわからない。

さらに、もう一度花芽へと移動した唇に、ちゅっと強く吸われてしまう。

「ふあっ」

全身に電気が流れたみたいにじんじんする。

手も足も痺《しび》れたようになってしまって、使い物にならない。

なのに、彼は執拗《しつよう》にまだ花芽をいじめるのだ。

天音は、嫌々《いやいや》と首を横に振って、大輔を自分に引き寄せる。

「だめ。それはもうだめ」

大輔は、天音を見上げながら、

「気持ちいいんだろう？　もっとしてって言えよ」

と言うけれど、これ以上気持ちよくされたら、おかしくなってしまう。

だから、天音は「そうじゃない」と言う。

「牧戸さんがいい。まきとさんの……ちょうだい？」

瞬《まばた》きをすると、溜まっていた涙が流れた。

——彼がほしい。つながって一つになって、もっと深い場所で彼の側にいたいのだ。

天音を見て、大輔は眉間に皺《しわ》を刻んだ。

「この状態で煽《あお》るなんて……天音は命知らずだな」

「え？　……やっ⁉」

地を這《は》うような低い声が聞こえた途端、圧倒的な重量が天音を押し開いて進んでくる。

自分のナカが、嬉しいと彼に絡みつく。

息苦しいのに、気持ちがよくて、全身の産毛が逆立ってしまうようだ。

奥まで到達すると、大輔は荒く息を吐きながら、天音にキスをした。

そして、強く体を押し付けたまま、ぐりっと中を抉《えぐ》った。

「んあぁっ！」

そのまま激しく上下に揺さぶられて、頭がくらくらする。

「や、ああっ……ん、ああ、あああぁぁっ」

天音は大輔の背中に腕を回して力いっぱい抱きついた。

逞《たくま》しい彼の胸に頬を寄せて、天音はすすり泣くような声で言う。

「好き。すき……んっ。まきとさ……」

大輔も天音を強く抱き締めたまま、揺らすように動いて天音を高みへと連れていく。

頭が真っ白に弾《はじ》ける瞬間が近いと感じた天音は、大輔にしがみついて、足も彼の腰に絡みつかせていた。

「好きだ」

独り言のような、吐く息の中に混ざり込んだ言葉を天音が捉《とら》えて、胸がきゅうっと高まる。

天音の感情そのままに、肉襞はうごめいて彼を包み込む。

「もっ……だめ――んっ、あああああぁぁぁっ！」

天音は全身をバネのように伸ばして、びくんびくんと震えた。

「んっ……くっ、――はぁ」

その天音の反応に引っ張られるように、大輔もほぼ同時に達した。

いつにない快感に、天音はイッた後もぼんやりして、力の入らない手で大輔の手を握った。

視界がゆらめいて、眠りに引き込まれるのだと感じる。

その直前に、大輔が天音をぎゅっと抱き締めて、天音は彼の腕の中で眠りについた。

8

翌朝。明るい日差しをまぶたに感じて、天音はそっと目を開けた。

そこには、目を細めて天音を見つめる彼の笑顔がある。

天音はきゅううっと音がしそうなほど、一気に頬の熱が上がった。

「ふっ……真っ赤っ赤」

大輔が、天音の頬を摘《つ》まみながら、噴き出して笑う。

だって、そんなものは仕方がない。

起きていきなり大好きな彼の顔が目の前にあったら、赤くもなるというものだ。

ちょっと拗《す》ねたような表情になるのも仕方がない。笑わなくたっていいじゃないか。

その天音の表情がさらに面白いらしく、大輔はくっくっくっと肩を揺らして笑い始めてしまった。

――もういい！

そう思って、また布団に潜《もぐ》り込んで寝ようとしたところを、布団を剥《は》ぎ取られてしまった。

布団を取られると素っ裸だ。あわあわと慌てる天音を見ながら、大輔は半身を起こす。

「チェックアウトが十時なんだ。きついだろうが、起きるぞ」

昨夜、無理させたことはわかっているらしい。

「シャワー浴びたいなら手伝ってやろうか？」

「遠慮します！」

間髪《かんはつ》を容《い》れずに答えて、天音は浴室に向かって走った。

また笑い声が聞こえたけれど、もう相手にしてやらない。

憤慨《ふんがい》しながら浴室に入ると、鏡に映った自分は、真っ赤な顔で、にやけるのを我慢して一生懸命怒っているような表情だった。

天音はぷるぷるっと頭を振って、慌てて表情を引き締める。

——もう、幸せすぎて困る。

多少冷たいと感じるくらいの温度のお湯で、天音は顔の火照《ほて》りを冷やした。

気を抜けば、にやけてしまう顔を引き締めて、天音は浴室から出た。

脱衣所には、昨日クリーニングに出していた服。

「あ、ありがとうございますー」

部屋のほうへ聞こえるように大きな声で言って、服を着た。

——ん？　服？　なんでここに？

脱衣所から出ると、大輔が全裸でベッドに寝転んでテレビを見ていた。

目を丸くしてその姿を見ると、大輔も天音を見る。

「あの、服、ありがとうございます」

大輔の姿を直視できなくて、天音は視線をあちこちに飛ばしながらお礼を言った。

服を整えている天音に、大輔はニヤリと笑った。

「ああ。脱衣所の鍵が開けっぱなしで、襲ってくださいと言われていたみたいだったが、浴室まで入っていったほうがよかったかな」

「なっ……」

反論しようとして、自分が鍵をかけずに入ったことを思い出す。

そういえば、そうだ。

しかも、下着などの着替えをまったく気にせずに。

「お手数おかけしました」

いろいろと反論したいところだが、着替えを持ってきてくれたのは大輔だ。

天音は熱くなる顔を気のせいと片付けて、大輔に頭を下げた。


「俺もシャワー浴びてくる」

ひょいと立ち上がった彼の下半身に視線が行きそうになって、慌てて別の方向を見た。

「気になるなら見てもいいのに」

くすくす笑う大輔を睨《にら》み付けると、すれ違いざま天音の頬にキスをくれる。そうして彼はさっさと脱衣所に消えた。

大輔は裸が恥《は》ずかしくない人らしい。裸族という部類の人間なのかもしれない。

熱くなってしまった顔をどうにかしないとと思いながら、天音は化粧ポーチを取り出す。

あとは帰るだけだが、彼氏の前でいつまでもスッピンのままでいるわけにはいかない。それなりに綺麗《きれい》にしておきたいと思うのが乙女心だ。

たとえ風呂上がりの着替えなどに考えが至らなくとも、だ！

天音が化粧をしていると、大輔が脱衣所から出てくる。

下着だけは穿《は》いているものの、逞《たくま》しい体をさらしたまま、大輔はクリーニングの袋から自分の服を取り出していた。

化粧をしている途中なのだから、自分の顔を見ればいいのに、どうしても大輔を目で追ってしまう。

部屋を歩き回って服を着て、荷物を鞄《かばん》に詰め込んでいた。

鏡に映ったうしろ姿をぼんやりと眺めていると、突然大輔が振り返って、鏡越しに目があった。

天音は、やましいことをしていたわけでもないのに、顔が熱くなって、目をそらした。

大輔には、天音が見つめていることなど、すぐにわかってしまうのだろう。笑い声が聞こえた。

天音は部屋の大きな鏡を見ると、どうしても大輔のほうに視線が引き寄せられるので、手元のコンパクトの鏡を見ながら手早く口紅を塗った。

準備ができたと顔を上げると、うしろからぎゅっと抱き寄せられた。

大輔は、そのまま首筋に顔をうずめてくる。

「牧戸さん？」

呼びかけると同時に、ちゅうっと首筋を吸われた。

「んっ……？」

昨夜からの名残《なごり》で、思わず反応してしまう。

大輔が嬉しそうに天音を見て、吸った場所を舐めた。

天音の首筋に、赤い花の痕《あと》がついたのが、鏡越しに見える。

「――って、嘘！　服で隠れないところにつけないでくださいよっ」

しっかりとカットソーを着ているのに、キスマークが丸見えだ。

鏡には、真っ赤な顔で慌てている天音が映っている。

虫刺されだと言っても、兄にはばれてしまうだろう。

「なにを言っているんだ。キスマークっていうのはマーキングの意味があるんだぞ。だから目立つところにつけたんだ」

マーキングされているのを家族に見られることが、どれだけ恥《は》ずかしいか！

天音が怒った顔をするのを笑って見ていた大輔が、ふと、表情を曇らせる。

大輔は、天音の首筋についたキスマークに軽くキスをしながら、ぽつりと呟《つぶや》いた。

「このまま連れ去ってしまいたい」

真剣みを帯びた声に、天音が大輔を見ると、眉尻を下げて困った顔で笑っていた。

その、大輔には似合わない自信なさげな表情に、天音は首を傾《かし》げる。

「牧戸さん、なにかありましたか？」

天音が聞くと、彼は迷うように視線を揺らして、諦《あきら》めのため息を吐く。

「天音と離れたくないだけだよ」

思わぬセリフに、天音は目を丸くして大輔を見たまま、動きを止めた。

大輔は、そんな天音の様子に苦笑しながら、体を起こした。

「この一ヶ月、思った以上に寂しかったんだ。やっぱり、側にいてほしいな」

天音はうしろに立つ大輔を見上げ、こくこくと何度も頷《うなず》いていた。

彼は、天音がいなくても寂しがったりはしていないと思っていた。

自分だけが会いたくて、声が聞きたくて、大輔は無理をして電話をかけたり、今回も会いに来てくれたのだと。

それが、大輔も自分と離れたくないと思ってくれている。

それだけで、天音は離れていても頑張れると感じてしまう。

「――なに笑ってんの」

気に入らなそうに彼が天音の頬をつつく。

天音は、そうされてから鏡の自分を見て、自分が笑っていることに気が付いた。

真面目な顔に戻そうと思うのに、どうしても嬉しさが勝《まさ》ってにやけてきてしまう。

「えへへ。私も寂しいです」

そう返事をすると、さらに気に入らなそうな顔で、頬を引っ張られる。

「嬉しそうな顔してるくせに」

その拗《す》ねた口調に、天音は笑みを深めた。

「嬉しいのは、牧戸さんが寂しいって言ってくれたから。私、頑張ります」

天音が握り拳《こぶし》を作って見せると、彼は天井を仰いでため息を吐く。

「天音が頑張るなら、俺も頑張らないわけにはいかないよな」

本当に嫌《いや》そうに言うので、天音はついに声を出して笑ってしまった。

大輔が、今までよりずっと近くに感じられた。


準備を整え、チェックアウトをする。

「天音の家まで送っていくよ」

「え、嫌《いや》です」

ホテルを出たところで言われて、天音は首を横に振る。

きっぱりと断った天音に、大輔は目を丸くした。

「牧戸さん、絶対、一言ご挨拶《あいさつ》を～とか言って、うちの両親に挨拶《あいさつ》しようとするでしょ」

天音の、大輔を非常識だというような口調に、彼は眉をひそめる。

「ああ。もちろん。大人として……」

常識を説こうとする彼を、手で制する。

「朝帰りの日に、いきなり初顔合わせなんて、嫌《いや》です」

天音は、今日が人生初の朝帰りだ。

そんな日に彼氏を親に会わせるなんて、とんでもない。

大輔は、顎《あご》に手をやってしばらく考えていた。

「……なるほど。それは、俺もさすがに嫌《いや》だな」

天音に言われて、自分が今どんな状態なのかに思い至ったらしい。

「別に昼間だし、勝手知ったる地元です。歩いて帰ります」

天音はにっこり笑って言う。

それを見て、大輔は諦《あきら》めのため息を吐く。

天音だって送ってもらいたいという思いはある。その間、もう少しだけ長く一緒にいられるのだから。

けれど、家まで来て、挨拶《あいさつ》もせずにUターンはできないだろう。

だから――

「私がお見送りします。私は、今日お休みなので」

と、天音は、涙が浮かんできそうになるのを必死にこらえながら言った。

大輔は午後から出勤だと言っていた。

これ以上、引き留めるわけにはいかない。

「そうか」

大輔は、一言そう呟《つぶや》いて、天音と手をつないで駅のほうに歩き出した。

駅前のホテルに泊まっていたので、駅なんて、すぐに着いてしまう。

改札が見えるところで立ち止まって、大輔は天音を見下ろす。

そこまで来てしまうと、天音はもう我慢ができなくなっていた。

唇をぎゅっと噛み締めても、涙が視界を邪魔する。

大輔を見上げると、ポロリと涙が頬を伝っていった。

電光掲示板に、新幹線の時刻を示す赤い字が流れていく。そんなに待ち時間なく乗れるみたいだ。

そう思うだけで、天音の胸がぎゅうっと痛くなる。

無意識に大輔の手を強く握り締めてしまっていた。

彼が、そっと天音の手を離した。

全身がひゅっと冷やされたような気分になって、大輔を見上げる。

「そんな顔するな」

悲しそうな顔で、大輔は天音の頬に手を添えた。

「だって」と言いたいのに、唇が震えるだけで、声が出ることはなかった。

「またすぐに来るから」

大輔は約束してくれる。

天音と大輔の休みは合わないから、きっと叶わないのに。

慰《なぐさ》めで言ってくれているのだと知りながら、天音はこくんと頷《うなず》いた。

信じていないような天音に、大輔は少し腰をかがめて天音の目を見ながら言う。

「天音。結婚の挨拶《あいさつ》をしに、またすぐ来るから」

一言一言はっきりと、大輔は発音した。

天音は大輔の言葉を聞いて……理解するまでにしばらくかかった。

「——結婚!?」

そして、理解した途端、大きな声を出してしまった。

大輔と、結婚。

一瞬で幸せな生活がたくさん思い浮かんで、天音は目を輝かせたのだけど——

「なに、その驚き方」

大輔は逆に半眼になって天音を睨《にら》んだ。

さっきまでの感動的な別れの雰囲気が吹き飛んだ。

「え、だって突然思いもよらな……いひゃいいひゃい」

頬を摘《つ》まれて別の意味でも涙が滲《にじ》んだ。

「結婚しようって言っただろ?」

………あれ、本気だったの?

確かに、初めての時にプロポーズのようなことを言われたし、その後も「両親に挨拶《あいさつ》」という話題が出たこともある。

でも、その時の状況諸々《もろもろ》から判断し、自分の勘違いだと思っていた。

「付き合い始めの日、俺と結婚するって話になっただろ」

——ああ、やっぱり。

初めての時のことを言っているようだ。

その時のことを思い出してしまい、天音の顔が急激に熱を持つ。

「あれは、その場の勢いかと……！」

お付き合い初日に、まさかプロポーズされるなんて誰も思わないだろう。

しかし大輔は気に入らなそうな表情で、天音の顎《あご》をくいっと上げて、見下ろしてくる。

「そんなもん知らん。結婚するぞ。嫌《いや》なのか？」

こんな傲慢《ごうまん》なプロポーズがあるだろうか。

わかってなかった天音が悪いと言わんばかりの態度。

しかも付き合い始めてまだ一ヶ月と少し。

それで結婚だなんて――

天音はそっと視線だけで大輔を見上げた。

大輔は不機嫌そうな顔で天音を見下ろして、しかし天音と目が合うと、ニヤリと笑った。

天音が嫌《いや》だと言うはずがないという態度だ。

なんて悔しい。

悔しい、のに――

「嫌《いや》じゃ……ない、けど」

『けど』とつけたのは、最後の抵抗のようなものだ。

大輔との結婚の話を嫌《いや》だと言えるほど、天音は大切なものがわかっていない子供じゃない。

まだ早いとか、もっとわかり合ってからとか、いろいろ言えるけれど、天音は上司としての大輔ならば三年間ずっと見てきた。

尊敬できる人だ。

優しい人で、大好きな人。

「けど？」

わざとつけた語尾さえ、取り消せと大輔は促《うなが》す。

天音はムッと口を尖《とが》らせて、ぷいっと顔をそらした。

「牧戸さん、ずるいからっ」

天音が断るはずないとわかっていて、強く言ってくる。大輔のそんな態度さえも天音が好きなのを、知っているに違いない。

「ふはっ……！」

作っていた傲慢《ごうまん》な表情が消えて、大輔が噴き出す。

天音も、大輔のその表情が嬉しくて微笑む。

そうして、大輔は天音に掠《かす》めるようなキスをして、改札に向かう。

「また来る」

片手を上げる大輔に、天音は大きく頷《うなず》きながら手を振った。

「はいっ……！」

ようやく絞《しぼ》り出した天音の声を聞いた大輔は、もう一度微笑んでホームへと消えた。

天音は、涙が滲《にじ》んで少し赤くなった目を、自販機で買った飲み物で冷やしながら帰った。

初めての朝帰りというのは照れくさくて、夕方まで外をうろうろしていようかと思ったけれど、夕飯の買い物などいろいろあるだろうなと思って、おとなしく帰った。

家に帰りついて玄関を開けると、いきなり父が立っていた。

「わっ……？　た、ただいま」

父は天音を見たまま、むっつりと黙り込んでいる。

それもいつものことだと、横をすり抜けようとすると――

「ちょっと来い」

そう言って、父は天音の返事を聞く前に居間に向かった。

天音の頭の中は、はてなマークだらけだったが、母に買い物リストをもらおうと思っていたので、おとなしくついていく。

「座れ」

――買い物行かなきゃいけないし、洗濯も多分ある。休みの日に布団も干しておかないと。あとは掃除とゴミ出しと片付けと……

やらなきゃいけないことが頭にたくさん浮かぶ。

「話なら、手短かにして。やらなきゃいけないことがたくさんあるの」

つい、少し強い口調で言ってしまった。

「なんだその言い草は！　忙しいのは、お前が昨日帰ってこないからだろうが！」

天音の口調がきつかったせいもあるのだろうが、父が突然怒鳴った。

「なに、それ。私はお手伝いさんじゃないのよ？　一日帰ってこなかっただけで怒鳴ることないと思う」

朝帰りについてなにか言われたら気恥《きは》ずかしいなと思っていたことなど、吹き飛んだ。

天音はもう二十五歳だ。こんな風に怒られるとは思ってもみなかった。

「やることもやらんで遊び呆けているからだ」

遊び呆けて……今の天音の状態とはかけ離れた言葉を言われて、天音はカチンときた。

「昨日今日は休みだから遊んでたけど、毎日ちゃんとやっているじゃない。料理も掃除も洗濯も」

「そんなもの、子供なんだからお前がやるのが当たり前だ」

ふん、と父が鼻を鳴らして言い捨てる。

母がぎっくり腰で、義姉が出産で、父と兄は店で忙しくて……誰も家のことができないから手伝っている。それは当たり前のことだと、天音だって思っている。

だけど、自分で思っているのと、やってもらっている立場の人間から言われるのとでは、大きく違う。

天音は自分の中でイライラが膨らんでいくのを感じた。

そもそも、休みがないのも、忙しすぎるのも、ずっと不満に思っていたのだ。

「だったら、もともとこの家に住んでいた父さんがするべきところじゃないの？　料理も掃除もできないくせに！　私に頼ってばかりで偉そうに言わないでよ！」

「――親に向かって！」

父が、座っていた椅子から立ち上がる。

天音は足をぐっと踏ん張って胸を張った。

「お礼は言われても、怒られる筋合いはないわ！」

大声で言い合っていると、母が慌てて居間にやってきた。

「なんの騒ぎ？　なにをやっているのよ」

母を見て、父はもう一度ふんと鼻を鳴らして座り込んだ。

天音はイライラが治まらずに、母を無視して居間を出た。

二階に上がろうとしたところで、兄が店のほうから顔を出した。

「派手にやってたな」

兄の呆《あき》れたような顔に、さらにムカッとしてしまう。

「父さんがいきなり怒鳴ってきたのよ」

自分は悪くないと吐き捨てる天音に、兄はため息を吐いた。

「心配してたんだろ。昨日俺から、天音は帰ってこないと思うとは伝えていたけど、一言言いたかったんじゃないか？」

そういえば、兄が知っているからと、特に家には電話をしていない。

でも……

「こっちはもう大人なのよ。そんなもの知らないわ」

「父ちゃんからしたら、お前がもう大人ってのが、いまいちぴんとこないんだよ」

天音は、短大を卒業してすぐに、東京で就職した。

父からすれば、まだまだ子供という認識だったのだろう。でも、天音はもう二十五歳。立派……とまでいかないかもしれないが、大人で、生活だって一人でやってきた。

天音は悔しくて、ぎゅっと唇を噛んだ。

「あの……」

その時、店のほうから遠慮がちな声がかかった。

聞き覚えのない声に、天音が兄の背後を覗き込むと、若い女の子が立っていた。

「――兄ちゃん、美咲さんがいない時になんてことを……」

「アホかっ！」

すかさずツッコミが入る。

「バイトを雇おうと思って。父ちゃんが採用にかかわると決まんないから、俺が一人で面接した」

思ってもみないことを言われて、その女の子に視線を移すと、はにかんでいた。

「そのことも、父ちゃんの機嫌の悪さの一因かな」

なるほど。今日はいろいろあったのか。

「明日から来てもらうから。天音は指導係な」

「よろしくお願いします」

女の子は、丁寧に頭を下げる。

これだけ礼儀正しければ、天音の指導なんてほとんど必要なさそうだ。

天音は、気持ちを落ち着けるためにほっと息を吐いて、挨拶《あいさつ》を返した。

次の日から、女の子――山田一葉《やまだかずは》ちゃんはやってきた。

まず作務衣《さむえ》の着方を教え、和菓子の種類と金額を覚えるように言う。

「質問されて、わからないことは適当に答えずに、私に聞いてね。間違ったことを答えちゃうと大変だから」

お客さんに質問されて、その場で確認するのが恥《は》ずかしくても、誤魔化《ごまか》すということは絶対にしないように言い含める。

そのたびに、彼女はうんうんと頷《うなず》きながら一つずつ確認していく。

接客態度も言葉遣いも教えたら素直に吸収する彼女は、一週間もすれば、天音が店の隅で帳簿をつけて、接客を任せられるまでになっていた。

おかげで、夜に大輔と電話をする時間が作れるようになってきた。

母も回復傾向にあるし、美咲も先日の店休日に退院した。なんと、赤ちゃんも一緒に退院できたのだ。

さすがにしばらくはお店の手伝いなどはできないが、これからゆっくり動けるようになるだろう。

これでさらにもう一人くらいバイトが雇えたら、天音はお役御免《ごめん》になりそうだ。

この日も、天音が帳簿をつけていたら、一葉から声がかかった。

「紅白まんじゅうを明後日《あさって》、予約したいというお客様がお越しなんですが、どうすればいいかわからなくて……」

「了解」

一葉に答えて、天音は接客を始める。

予定等を確認して、予約を受理してから天音は厨房《ちゅうぼう》へ向かった。

「兄ちゃん、紅白まんじゅうの予約が入った」

「了解。えー……と、材料確認しとく」

兄が言って、ちらりと父へ視線を走らせる。

しかし、父は天音の声が聞こえていないかのように、まったく反応しない。

天音はここ一週間変わらない父の態度に、ふんと鼻を鳴らして言う。

「しっかりと伝えたからね」

兄はまだ修業の身であり、なにをどれくらいの量作るかを決定するのは父である。

それをわかっていながら、天音も、兄に伝えた。

父が天音を無視するように、天音も父を無視しているのだ。

――あの朝帰りの日から一週間、天音と父は、微妙な状態が続いている。

母から、「お父さんが謝るっていうのは期待できないわよ」と言われた。

母が言うのだ。間違いないだろう。

しかし天音だって、自分に悪いところがあるとは思えない。

そう、どんなに期待薄でも、天音は自分から謝るなんて絶対に嫌《いや》だった。

父と天音、双方が頑《かたく》なばかりに、いまだに元の状態に戻れていなかった。


夕方、大輔から着信があった。

その時、天音はまだ店の清掃チェックをしているところだった。こんな早い時間にどうしたのだろう。

一葉に断りを入れて電話に出ると、申し訳なさそうな声が響く。

『悪い。今から取引先と飲みに行くんだ。遅くなるから、メールもできないと思う』

「あ……わかりました」

喜び勇んで出た気持ちが、ひゅるひゅると音を立ててしぼんでいった。

最近、連日電話をできていたから、がっかりしてしまう。

『ごめんな？』

大輔の申し訳なさそうな様子に、自分がどんな声を出していたかに気が付いた。

彼は仕事なのだ。取引先や同僚と飲みに行くことだってある。

それなのに、がっかりした声を出して気を遣わせるなんて、してはいけない。

天音が疲れて眠ってしまう時は大輔に我慢させておいて、どれだけワガママなのだ。

「いえ！　大丈夫です。お疲れ様です」

天音は頑張って元気な声を出した。

すると、考えるような間が空いて――

『ああ……元気な声もいいけど』

と、大輔の気に入らなそうな返事が聞こえた。天音がどうしたんだと首を傾《かし》げていると、予想外の言葉が続く。

『さっきの寂しいと言ってるような声のほうがいい』

「はっ？」

思わず天音が大きな声で聞き返すと、笑い声がして、『また明日』と言いながら通話は切れた。

天音は、顔を両手で覆《おお》って、どうして彼はそう突然甘いセリフを吐くのだと思う。

普段のキャラはそうでもないんだから、突然そういうことを言うのはやめてほしい。

……いや、やめてほしいわけじゃなく、二人きりの時とかだったら。

こういう、周りに人がいて、赤くなっているであろう顔を誤魔化《ごまか》さなければならない時は困る。

天音は気持ちを落ち着かせるために天井を見て一つ息を吐いてから、一葉に清掃がオーケーであることを伝えた。

夜の電話がなくて寂しいと思っていた気持ちは、もうほとんどなくなっていた。

天音は一葉の視線が気になって、顔色を誤魔化《ごまか》すことばかり気にしていた。にやけた顔はできないと、無理矢理口を引き結ぶ。

その様子を、父が見ていたことには、まったく気付かずに――

9

バイトの一葉が入ってから二週間。

一葉はすっかり慣れて、一人で店番できるほどになっていた。

そして、天音と父の会話がなくなってからも二週間だ。

兄から「いい加減にしてくれ」と苦言を呈《てい》されてもいる。

だが、そんなのあっちに言ってほしい、とも思ってしまう。

こんな状態が続くのはよくないと、天音だって思っているが、兄も母も謝ることを父ではなく天音に求めてくることが気に入らなかった。

そんな状態の、日曜日の夕食時。

「天音、明日、用事はあるのか」

「えっ……？　別に、ないけど」

突然父が天音に声をかけてきて驚く。

母も、父から折れるつもりなのかと、目を丸くしていた。

「明日、竹森亭《たけもりてい》で食事をするぞ」

竹森亭とは、近所の高級和食料理店だ。

はっきり言って、行ったことはない。連れて行ってもらえると、思ってもみなかった店だ。

天音との仲直りのためだけに使うには、あまりに高級じゃないだろうか。

天音が呆然《ぼうぜん》としていると、さらに驚愕するようなことを父が言う。

「見合いだ。いい男がいると紹介されてな」

一瞬、意味がわからなくて反応が遅れた。

「なに、言ってんの……」

独り言のような声に、父は天音にちらりと視線を走らせて、当然のように頷《うなず》いた。

「知り合いに紹介してもらった」

「なんでっ？」

天音は、大きな声を出していた。

父は、天音に彼氏がいることは知っているはずだ。

そもそも、彼氏がいようがいまいが、親から紹介などしてもらいたくない。

「お前も年頃だ。結婚を考えてもおかしくないだろう」

もっともらしいことを言っているが、大きなお世話だ。

というかすでに、結婚を考えている。父に紹介されずとも別の人と！

「私、彼氏いるんだよ。その人と結婚する」

天音が言うと、ただでさえ驚いていた母の目がさらに見開かれる。

こんな風に言う気はなかった。

もっと落ち着いて、大輔に会ってほしいと言いたかった。

「……なんだ、東京にいるとかいう男か」

父の声が一オクターブ下がって、不機嫌な声になる。

「どうせちゃらちゃらした男だ。向こうで他の女を見つけとる」

バカにしたように言い捨てる父を、天音は信じられない気持ちで見た。

天音は自分の手を強く握って、冷静さを取り戻そうとした。

「浮気なんてされてない。私は、自分が選んだ人と結婚する」

自分的に、精いっぱいの言葉と態度だったと思う。

だけど、父は天音の顔を見て一瞬悲しそうにし、首を振った。

「お前は現実を見ろ」

大輔と結婚すると言っている天音が、夢を見ているみたいな言い方だった。

その上、見合いは明日だと念を押す父を思い切り睨《にら》み付けて、天音は叫んだ。

「絶対に嫌《いや》！　私は、現実をわかっているわ！」

がたんっ。

大きな音を立てて天音は椅子から立ち上がり、父の返事を待たずに自分の部屋へと引き籠《こ》もった。

——そして次の日の早朝。

天音は、誰にも見つからないよう家を抜け出し、新幹線に乗っていた。

10

天音は、始発電車で東京に戻ってきた。

出勤ラッシュの真《ま》っ只中《ただなか》で、東京駅は大勢の人間で溢《あふ》れかえっていた。

スーツ姿の人が多くて、今日が平日だったということを今さら思い出す。

天音は下着などを軽く詰めただけの小さなボストンバッグを抱え直して、人ごみの中を突き進んでいった。

――と言っても、なにか目的があるわけではない。

大輔は仕事だし、天音の帰る部屋があるわけでもない。

さすがになんの連絡もなしに、大輔の部屋でくつろいでいるわけにもいかないだろう。

『他の女を見つけとる』

父の言葉が、ふと頭をよぎる。

そんな自分が嫌《いや》で、天音は大きく首を横に振る。

――大輔は実家に、すぐに挨拶《あいさつ》に来てくれると言っていた。彼はなにも悪くないのに、他の人から言われただけで彼を疑うのは最低だ。

天音が東京に来たのは、大輔を疑ったからではない。

一方的に今日と指定されたお見合いをボイコットするため。行くのはどこでもよかったが、東京以外に地理がわからなかったという、ただそれだけだ。

とりあえず朝食を食べながら計画を立てようと思った。

お腹がすくから楽しいことを考えられなくなるんだ。

モーニングセットのあるコーヒーショップに入って、サンドイッチを買った。

そこにあった住宅情報が載ったフリーペーパーを手に取って、席についた。

もう少ししたら新潟から東京に戻って、また仕事を開始する。

同時に、アパートも決めなければ。

家探しには何度か往復しないといけないと思っていたので、今回はその一回だと思えばいい。

うん、と一人で頷《うなず》いて、この周りの不動産屋を回ろうと思った。

大輔と同棲ということもちらりと頭をよぎったけれど、最初からそれを当てにするわけにはいかない。負担に思われるのは、本意ではない。

天音は電車を乗り継いで、一番地理に明るい場所……元の職場の最寄り駅で降りた。

もう一度同じ職場で働きたいとか、大輔にもしかしたら会えるかもとか、そんな期待はないと言ったら嘘になる。

だけど、この駅に来た第一の理由は、ただ単に、迷子になったからだ。

五年も住んでいたが、東京の地理は複雑である。

人も道も建物も多すぎる。

この辺りだったら、スマホに表示させた地図を見ながら、なんとか迷わず歩ける。

ここまで来たのだから、とりあえず、以前もお世話になった不動産屋から回ることにしようと思う。

就職が決まって、すぐに目についた不動産屋に飛び込んで、そこでさっさと決めたのだ。

見知った町並みは、落ち着く。

そう思いながら、天音はまず一件目の不動産屋に入っていった。

――数十分後、現実の厳しさを知る。

以前、すぐに希望通りの物件があったのは、運がよかったのだと今さら知った。

今の時期は、単身者が住むアパートがなかなか見つからない時期だという。

それならばと、次の不動産屋のドアをくぐる……

天音は資料だけを渡されて不動産屋を出た。

気が付けば、もうお昼過ぎ。

お昼を食べようかと思って顔を上げると、スマホが鳴った。

家族からだったら絶対に出るものかと思いながら画面を見ると、大輔からだった。

「はいっ」

今、どこにいるかわかります？　なんて聞いたら、どんなことを言うだろう。

わくわくして天音が電話に出ると、不思議そうな声が聞こえた。

『天音、今東京にいる？』

「へ？　あ……はい。います」

なんで知ってるの？　まさか、兄が電話したとか……いやいや、大輔の連絡先を知っているはずがない。

目をぱちくりしながら答えると、『やっぱり』という小さな声が、電話越しと、真うしろから聞こえた。

「なにをやってるんだ」

通話が切れて、生《なま》の声がうしろから聞こえて、天音は飛び上がった。

「えっ？　えっ？　牧戸さん？　なんで……」

振り返ると、上着を肘《ひじ》にかけた大輔が、腕組みをして立っていた。

「それは俺のセリフだよな？」

「いひゃいれふ～」

頬をつねられた。しかも結構強く。

「俺はお前がこっちに来るって聞いてない。知らせずに来て、黙って帰るつもりだった？」

「………」

ええ。まったくその通りでございます。

――なんて、思っても口にできなかった。真面目に、怖い。

つねられた頬を押さえたまま涙目で見上げる天音を、大輔は目を眇《すが》めて見てから、腕時計に視線を落とした。

「いきなり早退はできない。……が、定時で帰ってやる。うちにいろよ」

「はっ、はい！」

天音がピッと背筋を伸ばすと、大輔はふっと軽く微笑んで、踵《きびす》を返した。

――格好いい。

久々に見た彼のスーツ姿に、見惚《みと》れてしまう。

ふと、大輔が向かう先に、目を丸くしてこちらを見る元同僚の姿が見えた。天音と大輔を交互に見ながら、大輔になにか聞いている様子だ。

――しまった。大輔はなんて答えているのだろう。

天音だったらアタフタしそうなものだが、彼は平気な顔で軽く笑って手を振っていた。

彼の受け答えが気になりながらも、天音は彼らをぼんやりと眺めた。

――あの場所に戻りたいな。

一緒のチームじゃなくてもいいから、もう一度あの仕事がしたいと思う。

大輔がいたから頑張ったというところもあったけれど、純粋にやりがいのある仕事だった。

一瞬しんみりしたが我に返り、とりあえず、大輔の家へ行くまでの間に、派遣会社に顔を出して仕事の有無《うむ》を確認しておこうと、天音は足を踏み出した。

『食事の用意はしなくていい。買って帰る。ゆっくりしてろ』

夕方、天音が大輔のマンションに向かっている途中で、そんなメールが入った。
買い物をして帰ろうかなと思っていた矢先だったので、ほっとする。
天音は、大輔の家のソファに座って、ぼんやりしていた。
ここ二ヶ月近くは、こんなぼんやりする時間なんてなかった。疲れたなあと思った。
――今日、これからどうしようかと考える。
帰るのか、大輔に泊めてもらうのか。
いずれにしても、お店のことが気がかりなので明日には帰らなければ。
――帰りたくない。でも帰らなきゃ。
愚痴《ぐち》を聞いてほしい。だけど、心配させてしまう。
そんなことが、ぐるぐると頭の中を回り続けた。
すると、ぱっと周りが明るくなって、天音は目を瞬《またた》かせた。
「いないかと思った」
はあ、と大きなため息を吐きながら、大輔がドアの側に立っていた。
スーツのまま、鞄《かばん》も持っているので、今帰ってきたばかりなのだろう。
天音は周りを見渡して、時計が七時を示しているのを見て驚く。
どうやら、うたた寝をしてしまったらしい。
外は暗くなり、部屋の中は電気をつけなければなにも見えない。
「寝てたみたい。おかえりなさい」

ぼんやりと大輔を見上げる天音を困ったように見て、大輔はテーブルに買い物袋を置いた。

「疲れてんのか？」

そう言ってから、「着替えてくる」と大輔は寝室へと向かう。

今の時間に帰ってきて、しっかり買い物も済ませているということは、本当に定時に出てきたのだろう。

大輔は結構責任のある立場だ。その彼をいきなり定時で帰らせるなんて、無理させてしまったと、申し訳なく思う。

さらに落ち込みそうになる気持ちを奮《ふる》い立たせて、天音は気持ちを切り替えるために立ち上がった。

大輔が買ってきてくれたお惣菜《そうざい》を広げて、お箸《はし》やグラスを準備する。

ビールを呑むだろうかと考えて、お酒が好きな父の顔が頭をよぎる。

――いまだ、スマホに着信はない。

「どうした？」

ひょいと、突然大輔の顔が目の前に現れて、天音は「ひゃあ」と悲鳴を上げてしまった。

驚いて跳ねる天音を捕まえて、大輔は軽く彼女の頬にキスをする。

それには、今度はかっちんと固まってしまう。

赤い顔をして固まる天音を面白そうに眺めて、大輔はダイニングテーブルに座った。

「で？　なにがあった」

端的《たんてき》な問いかけに、しかし天音は答えられずに俯《うつむ》く。

どう言っていいかわからない。

大輔には、なんて説明したらいいのだろうか。

「食べながら話そう。お前も座れ」

天音が言いよどむのを見て、大輔は微笑んで隣の席を促《うなが》した。

天音は座り、お箸《はし》を持ち上げて、少しずつ口に運びながらぽつぽつと話した。

父と喧嘩《けんか》をしたこと。

冷戦期間を経て、いきなり見合いを持ち掛けられたこと。

恋人がいると言ったのに、大輔のことを悪く言われて、天音は怒って飛び出してきてしまったこと。

言ってから、しまったと思った。恋人の家族に悪く言われるというのは、どんな気持ちだろう。

例えば、天音が大輔の母に気に入らないと言われたら、ずぶずぶと落ち込んでしまうに違いない。

やっぱり話すべきじゃなかったと、彼を見上げたが――

「バカか」

と、平然と言ってのける。動揺したり、ショックを受けている様子はまったくない。

そんな彼の態度が信じられなくて、天音は思わず尋ねた。

「バ……どこらへんが？」

呆然《ぼうぜん》と聞き返すと、大輔は眉をくいっと上げて、明らかにバカにした表情を浮かべる。

「予定していなかった外泊をしたのはお前だ。もう大人とか、思うところはあるかもしれんが、まずは謝れ。イライラしている時に反発されると腹が立つのは、人の性《さが》だ。お前にだって心当たりがあるだろ？」

たしかに、天音にもそういう経験がある。感心していると、大輔はなおも続けた。

「それにあの日は、生まれたばかりの初孫を見た帰りだったし、家族でお祝いをしようと考えていたのかもしれない。計画が潰《つぶ》れて、気を悪くしていたとも考えられる。……そこまで気が回らずに天音を連れていった、俺の責任でもあるんだが」

次いで大輔は口をへの字に曲げて、「やっぱりあの朝、送り届けて挨拶《あいさつ》しておくべきだった」なんて呟いている。それも一理あるかもしれないが、あの時にそれは無理だ。

「そして、見合いを持ちかけられたら、すぐさま俺に相談するのが当然だろ？」

大輔はイライラしたように、箸でテーブルをコンコンと叩いた。

今、『お行儀が悪いですよ』とか冗談でも言ったら、無茶苦茶怒られるんだろうなぁ。

「今日、偶然会えたからいいようなものの、いつまで黙っておくつもりだったんだ？　俺はそんなに頼りないのか？」

「そういうつもりじゃ……！　でも、牧戸さんだって忙しいのに――」

「そんなこと気にせず、俺を呼び寄せろよ」

思ってもみない提案に、天音は戸惑ってしまう。そんなことをしてもいいのか。

「だ、だって仕事が……」

「緊急事態だ。そんなこと言ってられるかよ。休みを取ってすぐに駆けつける」

簡単なことだというように、彼は言う。

「でも、父さん、牧戸さんのこと悪く……」

「彼女の父親だとしても、会ったこともない人間からの悪口なんて大したことない。今の話を聞けば、『東京人』でくくられてんだろ。会って話をすれば、個人が見えてくる。そうしないから失敗につながるんだ」

大輔の口調は、仕事の話をしているような錯覚に陥《おちい》らせる。

でも、だからこそだろうか。彼の言葉は、すんなりと天音の中に入ってきた。

「会ってもいないうちから、説得なんてできるはずないだろ。俺が行くのが一番早い」

それはそうだ。

彼を見てもらえば、ちゃらちゃらした奴とは対極に位置する人だというのが、一目でわかるだろう。

大輔に迷惑をかけたくないと思ってしたことが、すべて彼の迷惑になっている。

「天音、お前が頑張っているのはわかるが、一人でできると思うな」

「はい。ごめんなさい」

天音は素直に謝った。

意地を張った自分が一番悪いと納得できた。

「――よし。じゃ、行くか」

「うん。――――ってどこに？」

勢いで返事をしてしまったが、今からどこに行くのだ。

大輔はさっさと総菜が入っていたパックを片付けてしまって、使った食器を流しに置いてくる。

「新潟」

天音に答えながら、スマホで時刻表を調べ始める彼に、天音は首を大きく横に振った。

「今からは無理ですよ！　新潟に着いても父さん寝てる！」

天音が叫ぶように言うと、大輔はピタリと止まってスマホの画面を覗き込む。

「ああ、そうか」

残念そうに言う大輔を見ながら、天音はほっと息を吐いた。

「じゃあ、電話しよう」

「ええっ？」

平然と電話を提案してくる彼に、天音のほうが腰が引けてしまう。

自分をよく思っていない相手との会話だ。楽しいものじゃないのは確実だ。

「会う約束くらいは取り付けないと。前に進めない」

それはそうだが、彼にそんな役目をしてもらわなければならなくなった自分が情けない。

親子喧嘩《げんか》の仲裁《ちゅうさい》を、彼にしてもらうようなものだ。

眉をハの字にする天音から、自宅の電話番号を聞きながら、大輔は言う。

「心配してくれるのは嬉しいが、早く結婚の許可を得て、嫁に来てくれたほうが俺は嬉しい」

大輔はするりと天音の頬を撫でて、ニヤリと笑う。

なにも言えずに、ただ顔を熱くしたまま立ち尽くす天音を放って、彼はさっさと電話をかけてしまう。

「初めまして。天音さんとお付き合いさせていただいている、牧戸大輔と申します」

堂々としたしゃべり方に、天音のほうが恥《は》ずかしくなってしまう。

天音は、自分が大輔の家族にこんな風に挨拶《あいさつ》できるとは、まったく思えない。

電話の向こう側から、天音の家族が大騒ぎしている音が漏れ聞こえてくる。

天音だって、こんな急展開になるとは思っていなかった。

「ええ、今、彼女はここにいます。ご挨拶《あいさつ》に伺いたく、ご都合のいいお日にちをお聞きしたいと思い電話しました。今度、結婚のお願いに上がりたいと思っています。——ええ、もちろんです」

なんだか背中がむずがゆいような感覚に、天音はもじもじと体を揺らした。

——くうぅっ。やっぱり恥《は》ずかしい！

大輔の言葉を聞いていたいような気もするし、でもその話し相手が兄や母だと想像すると気恥《きは》ずかしさが勝って、両手を振りながらぱたぱたと部屋を走り回った。

大輔に「なにやってんだ」と呆《あき》れた顔をされ、ジェスチャーで近くに来るように言われてしまう。

「今日、これから東京駅へ送り届けます。到着は夜遅くになってしまうかと——は？　いえ、うちは大丈夫ですが……。わかりました」

大輔がこてんと首を傾《かし》げ、天音にスマホを差し出した。

天音は目をぱちくりしながら、スマホを耳に当てた。

「はい、もしもし」

兄と母どちらだろうと思いながら電話に出ると――

『天音か』

なんと、父の声が聞こえた。

「父さん!?　え、なんで？」

自宅にかけて、父が最初に電話に出ることなんてまずないので、天音は兄と母になにかあったのかと思ってしまった。その天音の問いを無視して、父が話し始める。

『こっちは大丈夫だ。今日はそっちでゆっくりして、明日帰ってこい』

「え？　え？　え？」

声は父だけど、この人は誰だろう。

父が言うとは思えない言葉を、父らしき人は話し続ける。

『しばらく休みもなかったたし、たまにはゆっくりして来い』

本格的に、この人は誰だろう。

天音が返事とも言えない「はあ」とか「へえ」とかいう声を発していると、スマホを奪い取られた。

「それでは、今日はこちらでお預かりします」

ペットのような扱いだなと、天音は遠い国の言葉を聞くような気分で聞いていた。

「来週の月曜日にお伺いしたいと思っています。――はい。大丈夫です。仕事は休みが取れるので」

申し訳ないような気持ちになりながら、天音は大輔を見つめた。

そして、大輔と父は、月曜日に会う約束をして通話を終わらせた。

電話が終わった後、天音と大輔はスマホを見つめて、二人で首を傾《かし》げた。

「思っていたような反応じゃなかったぞ？」

「そうですね」

天音もそれには力強く頷《うなず》きたいところだ。

しかも、電話に父が出るということが驚きだ。

父は、大輔との付き合いを反対したいのか、そんなことはないのか。

父がなにを考えているのかわからなくて、天音は唇を噛んで俯《うつむ》く。

眉間に皺《しわ》を寄せて悩む天音の頭を、大輔が軽く叩いた。

「今日はここに泊まっていいんだってさ。風呂入ろう」

ここで悩んでも仕方がない。考えてもわからないのだ。

今は、折角《せっかく》彼と一緒にいるんだと、息を吐き出して大輔を見上げた。

にっこり笑う大輔に、天音はそうっと後ずさりする。

折角《せっかく》の笑顔にもかかわらず、嫌《いや》な予感が止まらない。

「……一緒には入らない」

「却下」

天音の返事は無視されて、ひょいと大輔の肩に抱えられる。米俵《こめだわら》みたいだ。

「この、無駄マッチョ！」

軽々と持ち上げられて、天音は手足をばたつかせて少しの抵抗を試みる。

「へええ？　天音はいじめられたいみたいだな」

低い声が聞こえて、ぴたりと動きを止める。

この状態では背中しか見えないので、大輔の表情はわからないが……怖い。

「あの……牧戸さん？　ごめんなさい？」

恐る恐る謝ったせいで、なぜか疑問形になってしまった。

大輔はなにも言わずに、するりと天音のお尻に手を這《は》わせる。

「やっ……！　ちょ、んんっ」

大輔の手が見えないせいで、いつ触れられるのかがわからなくて、いつもより大きく反応してしまう。

動きやすいようにと穿《は》いていたストレッチパンツは、ただお尻を強調させるだけのものになってしまっているに違いない。

「いい反応」

機嫌よさそうな声が聞こえて、ズボン越しに大輔の指が、秘所をぐりぐりと刺激する。

「ん、んんっ……！　だめ、ズボンまで濡れちゃうっ……！」

じわりと濡れてきた感触に、ズボンの替えは持ってきていないのだと素直に言ったところ、含み笑いが聞こえた。

「それは大変。脱がしてやろうな？」

くるんと体が回って、ソファの上に着地した。

ほっとする間もなく、腰に伸びてきた大輔の手がズボンのボタンを外し、チャックを下ろす。

大輔の手早さにアタフタしている間にズボンを引っ張られて、下半身はあっという間にショーツ一枚になってしまった。

両足をぐいと持ち上げられて、大輔はニヤリと笑う。

「もうシミ作って。天音はいやらしいな」

ショーツが濡れているのは、自分でも感覚でわかっていた。

大輔にそういう意味で触られた途端、天音の体は準備を始めて、あっという間に整えてしまう。

中に指を入れられてしまえば、天音のそこが準備万端《ばんたん》なくらいに潤《うるお》っているのは、簡単にわかってしまうだろう。

「いじわるっ」

天音は、せめてもの抵抗と、大輔を睨《にら》み上げる。

「ん？　優しくしてほしい？　じゃあ、天音がしてほしいことをしようか。なにをしてほしいか言ってごらん」

そんなことを言えるなら、とっくの昔に言っている。

きゅっと唇を噛む天音を見て、大輔は両足をぐいと持ち上げて、膝を胸にくっつけてしまう。

そして、大輔の眼前にさらされることになったショーツの上から、割れ目をすいっと撫でられた。

「ふあっ！」

びくんと体中が震えて、さらに愛液がしみ出したのがわかった。

「素直でいい体だ。ほら、もっと触ってほしいんだろ？」

「はっ……ぁんっ、あっ、あっ……！」

何度も割れ目を上下にこすられて、ショーツはびしょびしょになってしまう。

そして、その刺激で足りなくなるのはあっという間だ。

――脱がせてほしい。ショーツの隙間から指を差し込んでほしい。

天音は、無意識に体を揺らしてしまう。

もっと、望む場所に刺激がほしいと。

「ほら、なにをしてほしいか言えよ」

体を揺らす天音を面白がるように大輔は言う。

けれど、直接触ってほしいなんて恥《は》ずかしくて言えないと、首を横に振った。

「まったく、強情《ごうじょう》だな。仕方ない。全部脱がすぞ」

仕方ないなんて言わずに脱がしてほしい。

むうと口を尖《とが》らせながらも、天音は小さく頷《うなず》いた。

だけど、大輔は本当に脱がすだけで、天音は全裸でソファに座り込んでいた。

脱がす時に触れる大輔の手は、必要最低限で、それ以上触れてきてくれない。なのに、時々胸の先端を手が掠《かす》めていって、気持ちを高めるだけ高められてしまう。

もじもじと足をこすり合わせる天音を目を細めて見て、大輔は言う。

「風呂に入ろうか？」

結局、大輔の言うとおり、一緒にお風呂に入ることになるのだ。

天音はなにも言わずに彼に向かって両手を突き出すと、大輔は、楽しそうに笑って天音を抱きかかえる。

——その笑顔が好き。

天音もくすくすと笑って、抱き上げられたまま大輔の頬にキスをした。

「大好き」

そして、首に腕を回して、彼を抱き締めた。

「——天音、後からベッドでゆっくり可愛がってやるから……ちょっと、激しくするぞ」

「は……？」

大輔は、ズボンのポケットから袋を取り出すと、口で破った。

……それはいつからポケットの中に入っていたの。

そんな疑問が頭に浮かぶが、すぐにそんな場合ではなくなる。

抱きかかえられたまま壁に押し付けられて、唇を合わせられた。

彼の舌が、天音の舌を絡めとって吸い上げる。

深いキスに、二人の息が荒くなる。柔らかな唇が気持ちよくて、貪《むさぼ》るようにお互いがお互いの唇を食《は》んだ。

ふと、大輔の腕の力が弱まって、反射的に天音は一生懸命彼の首にしがみつく。

大輔が天音を抱えているのだから落とすはずなんてないのだが、本能的な恐怖で、足までも大輔の体に巻き付けた。木に登るコアラみたいな体勢になってしまう。

「ん。準備完了」

準備？　天音は首を傾《かし》げながら、一人で全裸は恥《は》ずかしいから、早くお風呂に行きたいと思った。

大輔にそう伝えようとした瞬間、天音は少し下に動かされ……ずんっと脳天に突き抜けるような衝撃を味わった。

「は……んっ、んん〜〜っ!?」

最初は突き刺すように、そしてゆっくりと確実に天音の中に押し入ってくる感触に、背をそらしてしまい、壁に背中を強く押し付ける形になった。

「天音、しっかり掴《つか》まってろ」

なんと、大輔が立って天音を抱きかかえたままの体勢で、中に入ってきたのだ。

「や、うそ……んぁっあああぁっ」

まだ解《ほぐ》されていなかった中は、きつく、ぎゅうぎゅうと大輔を締め上げる。

「はっ……ん、んぅっ」

圧迫感が、天音に上手に息をさせてくれない。

なのに、大輔は天音の両太腿《りょうふともも》を支えて、その体を上下に揺らすのだ。自分の体重がすべて、彼が中に入ってくる衝撃へと変わる。

天音は必死で大輔にしがみつきながらも、全身が震え始めてしまう。背筋を走り抜ける快感が常時脳天へ突き抜けていくような状況で、今まで触れられたことのない奥に彼が突き刺さる。

ぐちゅっぐちゅっと大きな水音を立てながら、壁に押し付けられる。

「あっ……！　ああっやっ……だめ、いっちゃうっ」

あまりの快感に涙が滲《にじ》んで、天音は全身を震わせる。

「ああ……、どこがいい？　ここ？」

大輔が天音を抱く力を強くすると、奥に当たる場所が変わる。

「やぁああっ！　ああっ……！　ちがっ……待ってぇ……！」

激しい未知の快感が次々に襲ってきて、天音は対処しきれない。

天音の目から涙がこぼれ、口の端から呑み込み切れなかったよだれが垂れていく。

「いいな、その表情。——俺もイキそうだ」

大輔がそう言った次の瞬間、彼は少し体を離して、天音の体を振り子のように大きく揺する。

「あっ……ああああぁぁっ！」

一際強く彼を押し込まれて、天音は悲鳴を上げた。

全身が痙攣《けいれん》するように震え、意思とは関係なくびくんびくんと体が跳ねた。

もう指一本動かせない気がするほど、この一回で疲れてしまった。

さすがに大輔もきつかったようで、荒い息を吐きながら、天音の頬にキスをする。ずるりと大輔が抜けていく感触があった。その後に愛液が伝う感触もあって、天音は頬を熱くする。

ぼんやりと目を開けると、大輔はまだ目を閉じて呼吸を整えているところだった。

大輔がイッた後の表情をじっくり眺めるのは初めてかもしれない。

頬が少し紅潮《こうちょう》して、眉根を寄せて息を整えている。

たったそれだけの仕草なのに、妙に色っぽい。

大輔を見てそんなことを考えた自分が恥《は》ずかしくて、天音は彼に抱き付いた。

「うん？　もう一回したいの？」

「いや、そんなはずないでしょう!?」

ちゃんと否定したのに、大輔は「よいしょ」と天音をもう一度抱きかかえ、浴室へ向かう。

脱衣所でようやく下ろされて、大輔が服を脱いでいる間に逃げようと思う。

さっきみたいなことをもう一度されたら、壊れてしまうに違いない。

あんなに震えるような快感は、少し怖い。

大輔が自分のシャツに手をかけたのを見て、天音はドアに向かって走った。

「あ……、れっ？」

走った――はずだったのに、実際はかくんと膝をついてその場に座り込んでしまう。

なんと、足ががくがくして力が入らないのだ。

「ああ～～……いきなりやりすぎたか」

「我慢できずに悪い」と大輔が謝ってくる。

――気持ちがよすぎて腰砕けなんて。

天音が頭を抱えて恥《は》ずかしがっていると、あっという間に服を脱いだ大輔が、彼女を浴室に運びながら言う。

「俺がイライラしてる時に、情欲を煽《あお》るようなこと言うから」

バスチェアに座らされて、温かいシャワーを降らされた。

大輔が天音の髪の毛をゆっくりと流して、シャンプーをつける。

「イライラ？」

髪を洗ってくれる彼の手にうっとりしながら聞くと――

「恋人に見合い話があるって聞いて、ムカつかないわけないだろ。それに天音は、すぐ俺に相談してくれないし」

怒りの持って行き場所がなかったんだと、大輔はため息を吐く。

「天音を可愛がって満足しようとしたら、そんな気分吹き飛ぶくらいすごいことするからな」

可愛がるって……なにをどれくらいされる予定だったのか。

「全裸の彼女が腕の中で好きと言いながら抱き付いてキスしてくるんだぞ？　理性も吹っ飛ぶだろ」

「………………！」

したけど、そんなことしてない！　と切実に叫びたかった。

言葉にすると、なんて卑猥《ひわい》なことをしたんだ。

熱い湯のせいでだけじゃなく、天音の全身がピンク色に染まった。

大輔が丁寧に髪の毛の泡を流していく。

赤い顔をしてなにも言えない天音を笑いながら、大輔は今度はボディソープを手に取った。

しばらくは髪の毛を洗ってもらう心地よさにぼんやりしていた天音だが、一気に覚醒《かくせい》する。

「自分で洗う！」

「疲れただろ？　ゆっくりしてろよ」

大輔は優しく言いながら天音の背中に手を滑らせていく。

「まあ、そんなにいたずらはしない」

——そんなにって、少しはするんかい！

背中が彼の逞《たくま》しい胸に包まれる。腕が前に回ってきて、天音の腕に泡をこすりつけながら動いた。

「これ以上は無理！　本当に無理！」

天音は、力が入らないながらも、大輔の手を押し退《の》けようと体を縮こまらせた。

「真面目に洗うって」

大輔の声が聞こえるが、そういう問題じゃないのだ。

「牧戸さんに触られて、そんな気分にならないなんて無理だもん！」

天音の体に泡をつけていこうとしていた大輔の手が、肩口で止まる。

それに気付かずに、天音は大輔を振り返って言った。

「でも、これ以上気持ちよくなったら、私、壊れちゃいますっ！」

振り返った先には、大輔が口を開けて止まっていた。

動かなくなった大輔を放って、天音は口を引き結び、泡を洗い流した。

洗ってもらうのはとても気持ちよかったけれど、このままではきっと、別の快感が現れ始めてしまう。

「だから――」

先に上がります。そう続けようとした言葉は、大輔の口の中に吸い込まれてしまう。

「本当に悪いと思っていたんだぞ？　前戯もなしに入れるなんて」

唇を離さないままに紡がれる言葉に、天音はパチパチと瞬《まばた》きをした。

「だけど、これから先は、煽《あお》った天音が悪い」

「え、嘘――」

煽《あお》った覚えなんてないんですけど――！

天音の文句は、シャワーと二人の舌が奏でる水音に掻《か》き消された。


風呂場で翻弄《ほんろう》されて、ベッドに沈み込む天音の隣に大輔が座る。「大丈夫か？」なんて聞いてくるけれど、聞くくらいなら最初からしないでほしい。

そのお詫《わ》びのように、大輔は天音にTシャツを着せて、ベッドに寝かせてくれてと、かいがいしく世話を焼いてくれる。

肌触りのいいシーツに頬を押し付け、天音はぼんやりと大輔を見上げていた。

天音の頭を撫でながら、大輔がささやくように言う。

「今度の月曜日、そっちに行くから」

髪を梳《す》く大輔の指が気持ちいい。

天音は、夢うつつで微笑み、頷《うなず》いた。

天音が家を飛び出したため、見合いがどうなったかわからない。

だけど、大輔が来て話をしてくれる。

すべて頼り切るようなことはしないけれど、なんとなく、もう大丈夫な気がしてくる。

ほのぼのと優しい気持ちになって、天音が夢の中へ旅立とうとした時――

「で、天音。この部屋のチラシさ、なんでこんな狭い部屋ばかり見てんの？」

低い低い声が聞こえて、天音の眠気がなかば吹き飛んだ。

大輔は、今日天音が不動産屋からもらってきたばかりのチラシを見ていた。

「だって、予算が……」

仕事も始めていないうちから、いいところを借りられるわけがない。

「これ、明らかに単身者向けだな」

バサッと音を立てて、頭の上に紙が落ちてくる。

視界をふさがれてアタフタしていると、突然腕を掴《つか》まれた。

「え、もちろ——ひにゃあ」

自分が置いたばかりのチラシを避けて、大輔が天音に覆《おお》いかぶさってくる。

「まさか、俺が一緒に住むのを想定してないの？　結婚するのに？」

大輔の口だけが笑みの形をとって、天音を覗き込む。そんな作った笑顔にさえ見惚《みと》れそうになって、天音は慌てて首を横に振る。

「でも、とりあえず、一人で暮らす部屋を借りないと——」

「必要ない。もったいない。新居をゆっくり探したいなら、ここに住め」

被せ気味でさくっと否定されて、驚きに目を瞠《みは》っていると——

「——嫌《いや》だとでも？」

と、脅《おど》すような言葉で、睨《にら》み付けられた。

天音は、湧き上がってくる笑いを堪《こら》えきれずに、くすくすと声を上げて笑った。

天音が遠慮しそうな時、大輔は敢《あ》えて強い口調で言うことに、天音は気が付いている。

こつんとおでこ同士がぶつかって、大輔の目だけが天音の視界を覆《おお》う。

——嫌《いや》なはずがない。

天音は、滲《にじ》んできてしまった涙を拭《ぬぐ》いもせずに、大輔の首に腕を回して抱き付いた。

「嬉しいです」

天音は、自分が笑っているのか泣いているのかわからなかった。

すごく嬉しくて、感動してしまったことだけは確かだ。

「よし」

笑いながら、大輔も天音を抱き締めて、頭にキスを落とした。

11

翌週の月曜日。今日の二時に大輔が来ることになっている。

母はそわそわと、掃除をしたりお菓子を準備したりしている。

父までちょっとおしゃれな服を着ていた時には、笑いそうになってしまった。

——そんな感じだったので、油断していた。

「天音」

「はい？」

天音も大輔が来るからとそれなりに可愛い服を着て準備をしていると、父が天音を玄関に呼んだ。

玄関には、革靴を履いた父が立っていて、その姿を見た途端、ざわりと嫌《いや》な予感がする。

「……なに、どこか行くの？」

「ああ、お前も来い」

当然というように頷《うなず》く父に、天音は首を横に振る。

「嫌《いや》だよ。今日、これから彼が来るんだから」

「それには間に合う」

父は平然と言って、さっさと玄関を開ける。

「行くって、どこに？」

「見合いに決まってるだろ。相手が待ってるんだ。急げ」

「お見合い!?　あの話は、先週終わったはずじゃ……」

いきなり、明日、見合いをすると言われた当日の朝、家を抜け出して、東京へ向かった。てっきり話は流れたものだと思っていたのに。

「お前がいきなり逃げ出したから、予定を変更したんだ。それで今日も行かないのは先方に失礼だろう。早く来い」

今日の午後に彼氏が挨拶《あいさつ》に来るというのに、強引に連れていこうとする父が信じられない。

——でも、失礼だとか、そんなもの知るか！

天音は最初から断っていたのだ。それなのに勝手に話を進めた父が悪い。

「二度もキャンセルされる相手の身にもなれ。かかなくていい恥をかかせることになるんだぞ」

相手に非はないのに、そんな仕打ちをするのかと父は言い募る。

途端に、天音は罪悪感を刺激された。

たしかに、相手はなにも悪くない。父が勝手に話を進め、それで振り回してしまっているだけ。いわば被害者だ。

天音は一つ大きなため息を吐いてから、口を開く。

「……わかった。行ってきちんとお断りする。場所は、竹森亭？　相手はどんな方なの？」

「竹森亭の個室を取ってある。それと相手は健二《けんじ》だ。お前と久々に会えるのを楽しみにしとった」

「ケンちゃん？」

『ケンちゃん』とは、小豆《あずき》や米を納品してくれる問屋《とんや》の息子だ。天音とは幼馴染《おさななじみ》で、父とも仲がいい。

天音は、父を力いっぱい睨《にら》み付けて、ハンドバッグを取りに自室に引き返した。


竹森亭に着くと、健二が懐かしい笑顔でふすまの前に立ち迎えてくれた。

「よお。久しぶり」

健二は、配達で走り回っているため、日焼けした顔とがっしりした体をしている。

室内を見回しても、彼以外に誰もいない。本当にお見合いの場なのだろうか……？

「久しぶり」

彼は、天音とお見合いだと聞いてこの場にいるのだろうか。

どういう対応をしていいかわからなくて天音が曖昧《あいまい》に笑うと、健二が苦笑いをする。

「やっぱりな。天音、乗り気じゃないじゃないっすか」

後半は父に向けて発した言葉だ。

それを受けて、父はふんと鼻を鳴らして、さっさと座ってしまう。

「悪いな。天音が結婚相手を探してるって聞いたけど、天音の性格的におじさんに頼むなんてないだろうなとは思ってたんだ」

健二が天音にひらひらと手を振りながら、父の向かいに腰を下ろす。

「父さん……？」

怒りの声を発したというのに、父は我関《われかん》せずでさっさと箸《はし》を持ち上げている。

「なにその態度！　私、嫌《いや》だって言ってたのにっ……！」

喧嘩《けんか》が始まろうかという天音と父の間に、ひょいと健二が割り込んでくる。

「まあまあ。身を固めるなら天音との結婚もいいなあとも思うけど、ダメなら別にいいし。俺モテるからね～」

適当なことを言いながら、健二まで前菜に手を付け始める。

「この、女ったらし……！」

「モテるから、しゃあないっしょ」

にひひと笑う彼は、そういえばかなりのプレイボーイだった。

ただ、仕事は真面目で、彼女はころころ変わるけれど浮気はしない、と有名だった。

父を見れば、無表情に食事を進め——

「浮気をしない男ならそれだけでいい」

と、呟《つぶや》いた。

その条件だけなら、どうして、大輔がダメで、健二ならいいのか。

会ったこともないのに、こんなに反対される意味がわからない。大輔だって、浮気するような人じゃない。

「私は、今付き合っている人と結婚するの。ケンちゃんとはしないから！」

「はいはい」

健二は軽く笑って返事をするが、父は眉間に皺《しわ》を寄せただけだった。

天音は座りもせずに、二人を睨《にら》み付けて踵《きびす》を返した。

――ところに、目の前のふすまが開いた。

「牧戸さんっ!?」

「どうも、こんにちは」

スーツ姿で少し髪を乱した彼がそこに立っていた。

妙ににこやかな笑顔で、天音には彼がものすごく怒っていることがわかった。

お見合いの場所に自分がいることに罪悪感が押し寄せてきて、天音は大輔から目をそらした。

「早めに来てみたら、こちらにいらっしゃると聞いたのでお邪魔しました」

言いながら、大輔は天音の肩を軽くたたいて部屋の外へ促《うなが》す。

「お食事中のようなので、終わった頃にまた伺います」

そう言って、天音を伴って退出しようとした時に、父から声がかかった。

「天音が帰るなら一人分食事が余る。食っていけ」

なんと、大輔に食事を勧めたのだ。父に、天音が反論しようとする。

「なに言ってんのっ！　そんなこと……」

「ああ、いいんですか？　ではお言葉に甘えて」

「ええっ⁉」

驚く天音を尻目に、大輔は誘いに乗ってしまう。

「食べ終わったら、家に行くから」

バイバイと手を振られて、天音は開いた口がふさがらない。

「もう、知らないから！」

天音は怒りや心配や不安がごちゃ混ぜになって、なにも言えずに一人家に帰ったのだった。

12

約束の月曜日、大輔は朝早く出発した。

新幹線に乗りながら、この約束をした時の、天音の父の声を思い出す。

感情を押し殺したような、低い声。嫌われていると瞬間的に思った。

『東京人』とくくっているからとか、そういうことじゃない。会ったこともないのに、個人的に嫌われているのだ。

それでも、天音の外泊を許したのは、天音が苦しんでいることに気が付いているからだろう。

決して大輔との関係を許してのことではないと思った。

だから、今日の午後約束はしたものの、逃げられるかもしれないと予想し、大輔はいきなり午前中に行ってみようと考えた。

そして、昼前に天音の家に着いて、天音の兄が大輔を見た途端言った。

「おお、ナイスタイミング。なに、虫の知らせ？」

わけがわからず首を傾《かし》げると、翔太は見合い会場を教えてくれたのだ。

娘の彼氏と会う約束の前に、娘に見合いをさせるとは、さすがに想定外だった。

急いで教えられた店に行くと、店員に場所を聞かなくてもわかった。天音の怒鳴り声がする。

店員に声をかけられる前に、さっさと歩いてその部屋を開けた。

天音の父だろう男性と……若い男性。

天音は立ったまま帰ろうとしているところだった。

天音が帰ろうとしていたことにホッとして、とりあえずこの場は彼女を引き取ろうとした時に、「天音が帰るなら一人分食事が余る。食っていけ」と声をかけられた。

天音の父に目を向けると、大輔を探るような目で見ていた。

――天音のいないところで、なにかを話したいというところか。

それが、天音がそこの男と結婚しないといけない理由だとしても、大輔には聞く心の準備がある。

天音が結婚すると思い込んでいながらも彼女を抱いた時から、覚悟はしている。

どんなことがあろうとも、彼女を離す気はない。

大輔は不満げな天音を帰してから、席についた。

目の前には豪勢な和食が並んでいる。

「いただきます」

なにも気にしていないふりをして、前菜に箸《はし》をつける。

そして、今気が付いたとばかりに、目の前の二人に自己紹介をした。

「そうだ。牧戸大輔と申します。結婚を前提として天音さんとお付き合いさせて頂いています」

「へぇえ。天音も上玉《じょうだま》捕まえるじゃないか」

若い男のほうが笑いながら声を上げる。……天音と呼び捨てにしたことが気に入らず、思わず睨《にら》み付けてしまった。

「ああ、俺、五十嵐《いがらし》健二です。天音とは幼馴染《おさななじみ》でね、呼び捨てにしてるのは見逃してよ」

にやりと笑って言う彼に、大輔も笑顔を向ける。

「そうですか。彼女からまったく聞いたことがなかったので、驚きました」

言外《げんがい》に、そこまで仲良くないだろうと伝えれば、彼は面白そうに肩を揺らす。

「おじさん、なんでこんな上玉《じょうだま》いるのに、お見合いセッティングしてんの？」

健二の言葉に、天音の父はじろりと大輔を睨《にら》み付ける。

「そいつが浮気者だからだ」

「…………は？」

——浮気？　俺が？　天音に片想いしてから三年間、女っ気がまったくなかった自分の、どこに浮気を疑われる要素が？

その前に、今日が初対面のはずだ。いきなり浮気を疑われる意味がわからない。

大輔のポカンとした顔に、天音の父は不快そうに吐き捨てる。

「天音を見とったらわかる。あれは、浮気をされて苦しんどった。お前は自分の浮気に天音が気付いていることにも気が付いとらんかったろう」

天音が苦しんでいた？　大輔の浮気を疑って？

……その要素が見当たらない。つい先週も、大輔の家で抱き合ったばかりだ。

「いいえ、浮気なんてしてないです」

「とぼけるな！」

大輔の言葉に天音の父は声を荒らげる。

「いいか？　お前との電話のたびに、天音は顔を真っ赤にして泣くのを我慢しとった。電話している間にも苦しそうにしとる時もあった」

大輔の頭の中に、スマホを両手で握り締めて真っ赤な顔で電話している天音の姿が思い浮かんだ。

そして、大輔の言葉に悔しそうに唇を噛む姿も。

――結構、電話口でいじめた覚えはある。

「電話に出る時は嬉しそうにしとるのに、電話が終わったらしばらく悲しそうに座り込んで。お前が浮気でもしとるからだろうが。スマホが鳴るのを、じっと待っとる時もあった」

ええと……そんな場合ではないのに、天音の父が話して聞かせる天音が可愛い。

大輔からの電話をじっと待って、通話が終わると寂しそうにしていたということだろう？

「なにを笑っている！」

無意識に顔がにやけてしまっていたようだ。怒鳴られてしまった。

「そんな浮気者に娘はやらん。結婚しても辛いだけだ。それなら、健二にもらってもらったほうがいい」

「え、俺、こっちのがマシ程度で選ばれたの？」

健二が嫌《いや》そうに呟《つぶや》くが、大輔も天音の父もそれを無視する。

「本当に浮気などしていません。天音さんだけです」

真剣に言うが、天音の父は疑わしい目で大輔を見る。

ここでいくら浮気を否定しても、信じてもらえなければ意味がない。しかし、証明するものがない。

どうしようかと頭を悩ませていると、「ああ」と目の前で健二が手を叩いた。

「君、あれか。翔太を天音の彼氏と間違えて、病院前で修羅場《しゅらば》繰り広げた人」

……なぜそれを知っているんだ。

結構恥《は》ずかしいことを持ち出されて、大輔はなにも答えられずに固まる。

「病院には知り合いが多いんだよ」

お得意様には老人も多いのだと、彼はにこにこと笑う。

大輔が頭を抱えていると、話さなくていいのに、健二の口から事細かに……しかも脚色された告白劇が披露《ひろう》された。

「好きだ好きだと道端で叫び合ってたらしいよ。若いっていうのは情熱的だねえと、お山《やま》のばあちゃんが言っていたよ」

多分、病院の患者でそこにいたのだろう。

「……そうなのか？」

天音の父の心が少し動いたように見えた。

ものすごく恥《は》ずかしいことを暴露《ばくろ》されて……しかも、噂にさえなっていることが判明したが、今はそこにこだわっている場合じゃない。

「大げさにはなっていますが……まあ、おおむね正しい……かもしれませんね」

それでもやっぱり羞恥心《しゅうちしん》が勝《まさ》って、語尾を誤魔化《ごまか》してしまった。

隣で健二が「大げさ？　翔太にも聞いてみよう」なんて声が聞こえるが、気にしたら負けだ。本当ならば、「聞くな！」と首でも絞めたいところなのだが。

「今の話を聞いてて思ったんだけど、おじさん、天音の電話の時の反応、逆だよ逆」

大輔が言葉を濁している横で、健二があっけらかんと話し出す。

「悲しいんじゃなくて、嬉しいんだよ。にやけるの我慢してんの。この人もさっき、おじさんの話聞いて笑ったでしょ。天音の表情思い浮かべてニヤニヤしてたんだろ」

含み笑いをしながら、「熱いねえ」と大輔をからかう視線を投げてくる。

大輔は、その視線を我慢しながら、天音の父に向かう。

「元々、私は彼女の上司です。彼女が仕事を辞めると聞き、告白をして付き合い始めました」

天音の父は目を見開く。

仕事の関係者だとは思っていなかったのかもしれない。

「付き合い始めて日は浅いのですが、私は真剣に彼女と結婚したいと思っています」

大輔の言葉を聞いて、天音の父はぽかんとした顔をしたまま言った。

「あんた、『牧戸さん』かね」

「ええ、はい。牧戸ですが」

さっき自己紹介したはずだが。彼の呼び方に違和感を覚えながら頷《うなず》くと、突然頭を下げられた。

「すまん、失礼な誤解をした」

はああっと大きく息を吐きながら、天音の父は、肩の荷が下りたように座椅子の背もたれに寄りかかって天を仰いだ。

「てっきり、天音は騙《だま》されていると思っていた。それか、あんたと結婚できるなら浮気くらい我慢しようとしているのかと」

苦笑いしながら、天音の父は、もう一度大輔に頭を下げた。

「天音をよろしくお願いします」

突然の態度の変化に、大輔が戸惑いながらも話を聞けば、天音から『牧戸さん』の話はよく聞いていたらしい。というか、電話をしてくるたびにその話ばかりだったと言った。

曰《いわ》く、すごく仕事ができて厳しいけれど、さりげなくサポートをしてくれる。自分が頑張れば頑張るだけ、しっかりと評価をしてくれる最高の上司だと。

怒られたと落ち込んでいたと思ったら、褒められたと浮かれて電話をしてきたこともあったらしい。

「『牧戸さん』を仕留めたのか。天音もやるじゃないか」

さっきまでとは打って変わって、天音の父は、ほくほくと大輔に酒を勧めてくる。

仕留めるという言い方に大輔は噴き出して、「私が捕まえたんですよ」と言うと、天音の父はさらに上機嫌になって、それからは楽しく食事が進んでいった。

天音の父が会計をしている間に、大輔と健二は店から出た。

彼は天音のお見合い相手で、大輔はそれを邪魔したのだ。なにか言うべきかと思っていると、向こうから話しかけてきた。

「天音はさ、妹みたいなものだと思ってる。結婚しろと言われて、まあ可愛いしできないこともないかなと思ったけど、それは、天音が望んだ時だけだとも決めてたよ」

大輔が正面から健二をじっと見つめると、彼は微笑む。

「天音は望まない。だから、俺との結婚はない。もしも不幸になるような相手と恋愛してるなら俺が攫《さら》うけど、幸せになれるなら手出しはしないよ」

「――わかりました」

大輔は、軽く頭を下げた。

今の言葉は、大輔が天音を不幸にしそうになった時には、自分がいるのだという宣言だろう。

彼は、天音を好きなのかと思えば、そうでもないようで。妹としか見られないのかと思えば、そうでもない。

彼の真意を測るのは、大輔には無理そうだと判断する。価値観が大きく違う人間だ。

健二は大輔にニヤリと笑ってみせて、会計を終えた天音の父に「ご馳走《ちそう》さん！」と言って帰っていった。

――あのまま俺が天音に告白せずに、東京に戻ってくるのを待っていたら……彼に奪われていたかもしれない。

大輔は、大きく息を吐いた。

13

いい気分で酔っ払った父を伴って家に来た大輔を、天音は母と一緒に出迎えた。

「こんにちは。お邪魔します」

ビジネスモードの大輔が玄関口に立つと、母は、「まあ」と感嘆《かんたん》の声を上げた。

格好いいでしょうと、天音はひそかに胸を張る。

と、さっさと居間に座った父と大輔は、楽しげに一緒に酒を呑み始めた。

「ほら、大輔さん。まだ呑めるだろう」

――大輔さんってなに、その親しげな呼び方!!

そんな今日の目的の話と関係ないところが、まず気になってしまった。

なぜ、天音より先に父が彼を名前呼びするのか。

なぜか仲良くなってしまった二人を呆然《ぼうぜん》と眺めながら、天音は二人に尋ねる。

「……なんでそんなことになってるの？」

「別に」

しかし、父は答えない。

「どんな話になったのか、私も聞きたい！」

「なにも話なんてしてない」

――そんなわけあるか！　絶対に話す気がない。

父と天音の睨《にら》み合いに、見かねた大輔が割って入ってくる。

「はいはい。俺が話すから。すみません、ちょっと十分ほど時間をもらえますか」

大輔が苦笑しながらひょいと立ち上がって、天音を手招きする。

気に入らないことばかりで眉間の皺《しわ》が消えないままに大輔の後をついて行く天音の耳に、小さな父の声が聞こえた。

「勘違いしとった。悪かった」

聞き間違いかと振り返っても、父はこちらを見ていなかった。

だけど、母の嬉しそうな顔があって、天音は小さく頷《うなず》いた。

大輔は、含み笑いをしながら天音を散歩に誘う。

なんだか妙に嬉しそうにしている大輔を不思議がっていると、大輔は父との会話を教えてくれた。

「俺が浮気していると誤解していたみたいだな」

「……どうしてそう思うの」

父と大輔は今日、初めて会ったはずだ。誤解が生じる機会もなかったはずだ。

「天音の態度」

はてなマークだらけの天音に、大輔は父から聞いた天音の様子を話す。

突然、真っ赤になったり楽しそうにしているのに、電話を切ると悲しそうにしばらくスマホを見ていると。

父は、天音が大輔に冷たくされたか、浮気をされて苦しんでいると思ったらしい。そんな男と無理に付き合うよりも、もっといい男がいると言いたかったという。

真っ赤になって……そりゃ、好きな人と話していれば、緊張して赤くなるだろう。

ああ、でも付き合い始めだとは言ってなかった。

……というか父は、天音のそんな様子を逐一《ちくいち》大輔本人に伝えてしまったというわけか！

ちらりと大輔を見上げると目が合って、天音が何を言いたいかがわかったらしい。

「ああ。その様子を聞くのは楽しかった」

——なんてこった！　だから大輔は嬉しそうだったのか。

「その真っ赤になった顔はさすがに見られたくないかと思って、連れ出したんだ」

「〜〜〜ありがとうございます」

死ぬ。家族に、なんて姿を見られてしまったのか。

「天音は、結婚すると宣言もしたんだってな」

「そんなことまで話したの⁉」

あの時、頭に血が上《のぼ》っていて、なにを言ったかあまり覚えていない。それに、父から大輔に伝わるはずがないと思っていたのに。

父は「浮気をされながら結婚なんて、現実を見ていなさすぎる」と思ったという。

そりゃ、本当にそうだったら、現実を見たほうがいいだろう。「最後は私のところに戻ってくるの！」なんて信じているだけだったら、イタイ人だ。

だが父は、結婚を考えていると堂々と言う大輔からの電話で、どういうことか、直接話を聞かなければと思ったらしい。

「それで、いかに俺たちが仲がいいかを懇々《こんこん》と……」

「なにを言ったの⁉」

慌てる天音に、大輔はふっと笑うだけで、それ以上言わない。

「大丈夫。お父さんはわかってくれた」

「なにを⁉」

結局、大輔はそれ以上教えてくれなかったけれど、父が認めてくれたことはわかった。

家に戻ると、母は夕食の支度《したく》を始めており、改めて母や兄、美咲とも挨拶《あいさつ》を交わした。

大輔と天音の結婚に、みんな「おめでとう」と言ってくれた。

父と喧嘩《けんか》している時は、「別にどうでもいい」なんて思っていたけれど、やっぱり認めてくれるほうが断然いい。

大輔と父はだらだらと呑み続け、なんと父は潰《つぶ》れてしまった。

「安心したのよ。お父さんここ最近、ずっと悩んでたみたいだし」

母が天音をちらりと見るが、天音はその原因が自分だとは気が付かないふりをした。

やっと父との喧嘩《けんか》が終わって、みんなほっとしているのだ。

申し訳なく思いながら、天音は家族全員で食卓を囲めることが嬉しかった。

「じゃあ、そろそろ……。ごちそうさまでした」

父が潰《つぶ》れてしまったので、大輔はお暇《いとま》すると席を立った。今晩は近くのホテルに泊まると聞いている。

天音は大輔を送ってくると母に言った。

「それじゃ大輔さん、お願いしますね」

母まで大輔のことを名前で呼んでいることにモヤモヤしながら、天音は靴を履いた。

「明日の午前中には帰ってきてね」

「は？」

「天音ちゃん、着替えどうぞ」

美咲が紙袋を手渡してくる。

思わず受け取ってしまった。大輔は「お邪魔しました」と頭を下げて玄関ドアを開ける。

「あ、行ってくる」

「はいはい。じゃあね」

母と美咲に見送られて、天音は大輔と共に外に出た。

「なに、不機嫌そうな顔してんの」

手をつないで駅へと歩きながら、大輔が天音の顔を覗き込んだ。

「別に、不機嫌ってわけじゃ……」

ばれていたことに驚きながら、天音はぼそぼそとしゃべる。

「気になることがあるなら言えよ」

そういう大輔のほうが不機嫌そうだ。

「どうしたの？」

天音が聞くと、ため息とともに「別に」という言葉が降ってくる。

これは、不機嫌さが伝染してしまった状態だろうか。

自分がくだらないことを気にしていたから……？

もうすぐ別れるのに、不機嫌なままでいてほしくないと、天音は大輔の腕にぎゅっとしがみついて言った。

「父さんと母さんが牧戸さんのこと、名前で呼んでるから。私、呼んだことないのに」

「ああ、大ちゃんって呼びたいってこと？」

「いや、あだ名をつけたいわけじゃなくて……」

いきなり大輔の顔が降りてきて、キスをもらう。

突然のことに驚いて目を瞬《またた》かせると、大輔が意地悪な顔をしていた。

「敬語も牧戸さんって呼び方も萌《も》えるから、そのままでもいいかなとも思っていたが……ケンちゃんって呼ぶ男がいるのに、俺は名字っていうのは気に入らない」

萌《も》えるって……大輔のものとは思えない言葉が出てきて、天音はしばし固まる。

しかも、いきなり健二が出てきたことにも驚いた。

「それに」

大輔が内緒話をするように天音の耳に口を寄せて――噛みつかれた。

「あいたっ⁉」

驚いて飛びのこうとしたのに、がっちりと抱き締められてできない。

「さらに気に入らないことがあるんだ」

――あ、やっぱり？　なにか怒っているなあと思っておりました。

「天音、ケンちゃんとのお見合い、楽しかった？」

噛まれた所をゆっくりと舐められて天音は震える。

「んっ……や、ちょ、待って。そんなこと思ってないっ……！」

大輔の腕の中にすっぽりとくるまれてしまって、手も足も思い通りに動かせない。

こんなとこでこんなことしているのをご近所の人に見られたら、町を歩けなくなる！

「俺がいるのに、お見合いなんてするなって……言っただろ？」

言われた。言われたが、いろいろな事情が重なった結果なのだ。

「おっ……幼馴染《おさななじみ》だからっ……！　もぅ、んっ！」

その説明をしようと声を出そうとするのだが、甘えたような鼻声が漏れてしまう。

「それだけ？」

耳たぶを甘噛《あまが》みされて、天音は必死で声を堪《こら》えながらこくこくと頷《うなず》いた。

「ふぅん？　まあ、いいか」

耳元から大輔の顔が遠のいて、天音はほっと息を吐く。

「じゃあ、どうぞ？　天音」

ひょいと手を握られて、また歩き始める。

どうぞと言われたら……話の流れ的に、名前で呼んでみろということだろう。

大輔を見上げて、目が合って、すぐにまた俯《うつむ》いてしまった。

父と母が呼んでいるのがずるいというようなことを自分で訴えておいて、やっぱり急には恥《は》ずかしいとは言えなくて、天音は誤魔《ごま》化《か》すことにする。

「よ、用事がある時に……後で、呼ぶ」

天音が低い声で言うと、堪《こら》えたような笑い声がして「了解」と言われた。

絶対に恥《は》ずかしがっていることがばれているけれど、天音は知らんふりをした。

多分、呼ぶ時は受話器越しだ。その時は、表情が見えない分、今よりは恥《は》ずかしくないに違いない。

駅が見えてきて、天音は大輔を見上げた。

大輔は、天音の動きに気が付いて微笑んだ。

「ご家族には、天音を一晩借りるって、ちゃんと言ってきたから」

「は?」

なんのこと?

「だから、着替えとかも用意してもらってるだろ。この間と同じホテルに泊まろうな」

「へ?」

大輔は、天音の手を引きながら、すたすたと駅前のホテルに入っていく。

「何時間もかけて彼女のいる場所に来て、なにもせずに帰るわけないだろ」

なにもせずって、生々《なまなま》しい表現はやめてもらえるだろうか。

「え、いつ親に話したの?」

「天音がトイレに行ってる時」

母に、今日天音を外泊させてもいいか聞いたらしい。ちなみに、父はすでに寝ていた。

でも、兄と美咲も聞いているわけで。

「久しぶりに会えたから、一緒にいたいって言ったら、大盛り上がりだった」

久しぶりって言ったって、先週の月曜日も一緒にいた。

そんなに経っていない。

「だから――ゆっくりと、聞かせてもらおうか?」

それは、『ケンちゃん』のことだろうか、それとも、呼び捨てのこと？

「甘い声と一緒にたっぷりとね」

舌なめずりしながら見られて、天音の背中が震える。

それが、恐怖からか期待からかは——ご想像にお任せする。

天音はゆっくりと息を吸い込んで——

「は……はい」

と、小さく返事をした。


ベッドに座った天音に覆《おお》いかぶさるように、大輔が抱き締める。

啄《ついば》むように、何度も何度もキスが繰り返される。

抱き締められてキスをされているだけなのに、どんどん息苦しくなって、鼻息が荒くなってきているようで恥《は》ずかしい。

「はっ……も、ちょっと苦しい」

大輔の胸を押さえて顔を横に向けても、大輔は天音の唇を追いかけてくる。

そして、キスは深いものへと移行していく。

彼の手は、天音の背中を辿《たど》り、腰、足へと撫でていく。

内股へと手が入ってきた時、天音の背筋がふるりと震えた。

だけど、彼の手はそれ以上深くは侵入せずに、上半身へと戻ってくる。

着ていたカットソーの裾がまくられ、ブラのホックが外される。

思わず胸を手で隠しながら、「電気」と呟《つぶや》いた。

「今さら」

天音の言葉をバッサリと切って捨てて、上半身をさっさと裸にされてしまう。

今さらと言われれば、それはそうなんだけれども！　羞恥心《しゅうちしん》というものがあるのだ。

胸の前で腕を交差させて恨《うら》めしげに見上げる天音に、大輔はつまらなそうに言う。

「俺は見たい」

「私は消してほしい」

眉間に皺《しわ》を寄せて、大輔は折衷案《せっちゅうあん》をとることにしたらしい。オレンジ色の明かりが枕元に照らされた。

キスをされながらゆっくりと脱がされていくスカートに、胸が高鳴る。

いつも先に天音だけ裸になってしまうので、天音も大輔の服に手を伸ばしてシャツのボタンを外した。

「なに？　そんなに早くしてほしい？」

からかうように言われても、口を尖らせるだけで答えずにいると、くっくっと含み笑いが聞こえた。

彼のシャツをはだけさせて、裸の胸に抱き付く。

しっとりとした肌は温かくて、気持ちがいい。

「ズボンは脱がしてくれないの？」

大輔が催促《さいそく》する。

ズボン……は、勝手に脱いでくれないだろうか。妙に気恥《きは》ずかしい。

ちらりと大輔を見上げると、ニコニコしている彼が天音を見下ろしていた。

この顔は、やるまで言う気だ。

大輔の表情がだんだんわかってきた。

天音は顔に熱が集まってくるのを感じながらも、彼のズボンに手を伸ばす。

こっちが恥《は》ずかしがっていたら面白がられるだけだと、天音はズボンを脱がすのに集中することにした。

ベルトを外してボタンを外そうとするのだが、彼の屹立《きつりつ》がすでに大きくなっていて、外しにくい。ちょっと角度を変えられないだろうかと、彼自身を横にずらしてみる。さらに、ようやく外せてチャックを下ろす時も、挟んだら大変だと聞いたことがあるので、屹立《きつりつ》を片手で押さえてチャックを開ける。

「……天音」

後は足を抜くだけだと思っていたら、大輔が低い声で天音を呼ぶ。

見上げた先の大輔は、目を潤《うる》ませて、色っぽい表情で天音を見つめていた。

天音はそんな彼の表情から目が離せなくなって、無意識につばを呑み込んだ。

「手、動かして……」

手？　手……自分の手の場所を認識して、天音の顔の熱が一気に上がる。

彼のものを、しっかりと触っているではないか。

どうしたらいいかわからなくて固まる天音に、大輔は腰を押し付けてくる。

熱い屹立《きつりつ》が天音の手の中でびくびくと震えていた。

天音がそっと手を動かすと、大輔が気持ちよさそうに息を吐く。

たったこれだけが、気持ちいいのか。

天音は、彼の表情を見ながら、手に力を入れて握ってみる。

「はっ……天音、いいよ」

大輔が息を吐いた。胸がドキドキする。

いつもは天音が翻弄《ほんろう》されるばかりで、大輔が気持ちよくなっている表情なんて見たことがない。

天音はその姿をもっとよく見たくて、彼の屹立《きつりつ》を優しく撫でて摩《さす》った。

すると、大輔の手も天音の秘所に伸びてきて、ショーツの上から割れ目を辿《たど》る。

「ふっ……ん、はっ……」

大輔のものに自分が触れている。彼が感じているということに、いつもより興奮している自分がいた。

「溢《あふ》れてきた」

——言われなくてもわかっている。もう、ショーツはぐっしょりだ。

だって、もうショーツなんて脱ぎ捨てて、直接触れてほしくて、もどかしささえ感じているのだから。

天音はそうっと、大輔の下着を下にずらして、直接握ってみた。

驚くほど熱くて、思った以上に硬くなっていた。

大輔も天音のショーツを抜き取り、ナカに指が侵入してきた。

ぐちゅっぐちゅっと音が立って、自分が淫乱だと言われているような気がする。

だけど、彼が天音を求める視線が熱くて、天音は怖がらずに感じることができるのだ。

その時、彼自身を握っている手に、ぬるりと濡れた感触があった。

見てみると……大輔のものの先っぽから、透明な液が出ていた。

「牧戸さん、これなに？」

男性も女性から出るように、気持ちよくなると蜜が溢《あふ》れてくるのだろうか。

「…………さあ？」

大輔は軽く肩をすくめる。

疑問を誤魔化《ごまか》されて不満に思う暇《ひま》もなく、天音はベッドに転がされる。天音の手は強制的に彼自身から外されてしまった。

大輔の手は天音の背中を支えて、もう片方の手は顎《あご》を捕らえる。

「それより、下の名前で呼ぶんだろ？　用事がある時は呼ぶって言ったもんな？」

——そういえばそうだった。

最初に呼ぶ機会が訪れるのは電話越しだと思っていて、油断していた。

ベッドで上から覗き込まれながら要求されるとは思っていなかった。

「天音？」

低く掠《かす》れた声で、彼が優しく微笑みながら催促《さいそく》する。名前を呼べと、甘く脅迫するのだ。

天音は彼を見上げて、気が付かないうちに喉を鳴らした。

くちゅっと小さな水音がして、彼のものが天音の膣口にあてがわれた。

たったそれだけの刺激に、天音の背に期待の痺《しび》れが走り抜ける。

「ほしい？」

顔を熱くしながら、天音はこくこくと頷《うなず》いた。

体に覚え込まされてしまった快感を期待して、体のほうが先に反応して全身がぶるっと震える。

その天音の反応にくすくすと笑った大輔は、天音の胸に顔をうずめて胸の先端を口に含んだ。

「やぁぁん」

触られてもないのに硬く尖《とが》ってしまっていたそれが、熱い口の中に吸い込まれて天音は体をよじる。

唇で挟まれたまま、舌で遊ぶようにころころと転がされる。

大輔の手が、反対の胸の先端も摘《つ》まんで引っ張ったり押し潰《つぶ》したりし始める。

「あっ、ぅん……っ！」

今日初めての場所への刺激に、驚いたような反応をしてしまった。

胸元を見ると、大輔が『痛かった？』というような表情で天音を見上げ、首を傾《かし》げる。

胸を咥《くわ》えたままなので、甘えているみたいで可愛いと思ってしまった。

でも、次の瞬間には強く吸われて、目を瞬《またた》かせるとさらに歯を立てられる。

「んんっ……やぁんっ」

天音が痛みに顔を歪《ゆが》めると、大輔はニヤリと笑う。

——前言撤回《てっかい》。

全然、可愛くない。

天音の潤《うる》んだ瞳をうっとりと見上げて、彼はぺろりと舌なめずりする。

ぐいと腰を進めて、天音のナカではなく、肉襞の間に屹立《きつりつ》を滑らせた。

「ふあっ……！　んん、はっ……ぅんっ」

同時に胸を強く揉まれて、彼の手の中で天音の柔らかな胸が好き勝手に形を変えていく。

胸はぐにぐにと音がしそうなほど強く揉まれているのに、彼自身は動かない。

胸への強い刺激が、天音のもどかしさをさらに加速させる。

「ちがっ……ん、もぅっ……」

首を横に振って嫌《いや》だと示す天音に、大輔は意地悪く笑う。

「ん？　気持ちいいだろ？」

気持ちいい。

気持ちいいけど、違う。

足りない。もっと。

違うの。そこじゃない。

ぴくぴくと体が跳ねる刺激があるけれど、これだけじゃ嫌だと、大輔の体に足を回した。

それでも彼は入ってきてはくれなくて、熱い息を吐き出す。

「天音」

眉根を寄せて彼は天音をもう一度呼んだ。

天音はなぜだか、自然と涙が溢《あふ》れてきて、彼に手を伸ばして力いっぱい抱き付いた。

「――大輔」

小さく、呟《つぶや》くようにして、彼の名前を初めて呼んだ。

大輔は微笑んで、天音にキスをする。

そっと重なり合うだけのキス。

少しの間だけ触れて離れた後、目を合わせてくすくすと笑った。

裸で抱き合っている状況なのに、ごく軽いキスをしただけで緊張してしまった自分たちが妙に可笑《おか》しい。

大輔がそっと天音を抱き締めて、腰を浮かせた。

「天音、愛しているよ」

初めての時のように、大輔はゆっくりと静かに挿入してくる。

だけど、天音は初めての時みたいに痛がることはない。

「はっ……あぁん」

感じるだけで手いっぱいだ。

ゆっくりと入ってくる彼を感じて、天音の心が幸福で満たされる。

そして、痺《しび》れるほどの快感。

触れられてもいないのに、全身が悦《よろこ》びに震えた。

「天音、あまり締めるな」

大輔が辛そうな声を出すけれど、そんなことを言われてもさっぱりわからない。

ただただこの快感に流されて天音も必死に大輔にしがみついた。

「そんなっ、の……わかんない」

抜き差しされるたびに、天音の内部が悦《よろこ》びにうごめく。

ぐちっぐちっと濡れた音が響いて、頭の中を快感が埋《う》め尽くしていく。

彼が出ていく瞬間が寂しくて、屹立《きつりつ》を逃がさないと絡みつくように天音の内部が動く。

それをしなくなる方法なんてないと思う。

「だって……！　気持ち、いいっ……！　もっ、あ、あっああっ！」

大輔の動くスピードが上がった。

急激に、高みへと無理矢理押し上げられそうな感覚に、天音は大輔の背中にしがみついた。

「イッちゃうっ……！　イッちゃうのっ」

「ああ、俺も」

大輔が眉根を寄せて、切なげに息を吐く。

その色っぽさに、天音の胸の奥がずくんと反応した。

大輔が少し焦った顔をして、小さく舌打ちをした。

「この、バカ。いきなり締め付け強くしやがってっ……！」

足を広げられる最大まで広げて、彼が一番奥まで入ってくる。

抉《えぐ》るように腰を回されて、その瞬間天音の頭の中が真っ白に弾《はじ》け飛ぶ。

「あっ……あああぁぁぁぁああっ！」

背をそらし、足をピンと伸ばして、天音は絶頂を迎える。

ほぼ同時に、大輔も小さく呻いて果てたのだった――


ベッドにうつぶせでぼんやりしていると、浴室から出てきた大輔がにっこり笑った。

「疲れてるみたいだな」

その嬉しそうな様子に、天音はぼんやりと答える。

「うん……」

まだ、手足が痺《しび》れているような気がする。

大輔とすればするほどに、快感が強くなっていっている気がする。

このままどんどん気持ちよくなり続けたらどうしようと、怖くなるくらい。

大輔がぼんやりと動けないでいる天音に近づいて、頬を撫でる。

その心地よさに天音が目を細めると、大輔はくっくっと笑って、そのまま優しく撫で続けてくれた。

「もう寝ていいよ」

「ん……大輔」

天音は快感の名残《なごり》と眠気で、頭がぼんやりとしたまま、大輔を呼んだ。

彼は少し驚いた顔をしてから、微笑んで、天音の声を聞きとろうと顔を近づけてくる。

そんなちょっとした優しさが嬉しくて、天音は微笑む。

「大輔。大好き」

動きの鈍い腕を伸ばして、天音は彼の頬にキスをする。

そのまま、彼の首に腕を回して、今できる力いっぱいで抱き付く。

「大輔。大輔。大輔」

――『牧戸さん』に抱き付いて、名前を呼び捨てにして、そして、抱き締め返してもらえるなんて、数ヶ月前には望むことさえできなかった。

それが今は、拒絶されることなんて思いつきもしないくらいに自然にできる。

天音はふわふわと雲の上を歩くみたいに幸せで、そのまま眠ろうと目を閉じた。

「天音、好きだよ」

耳元で、彼の声がする。

「私も……大好き」

天音は眠りに引き込まれそうになりながらも、目を開けてぼんやりと大輔の姿を捉《とら》える。

大好きな笑顔が側にある。

大輔は、天音の頬にキスをして、彼の首に回されていた手を取った。

天音はぼーっとして、されるがままだ。

「天音……結婚しよう？」

大輔が天音の薬指にキスをしながら言った。

突然気障《きざ》なことをされて、天音はくすくす声を立てて笑う。

「うん。結婚しよう。……ふふっ、嬉しい」

家族に認められて、改めてきちんと言葉にされると、結婚が現実味を帯《お》びてドキドキする。

天音が笑っていると、大輔がごそごそとズボンのポケットをあさって、四角い箱を出した。

白い箱を開けると、その中にはピンク色のビロードの箱。

「普通はこの白い箱からは出しておくんだろうけど、汚れそうで」

そもそもジュエリーケース自体、見たことはあるけれど触るのは初めてだという。

大輔は呆然《ぼうぜん》と見つめる天音の視線の先で照れて笑いながら、箱を開いて指輪を取り出す。

大輔にされるがままで嵌《は》められた指輪は、天音のためにあつらえたかのようにピッタリだった。

「サイズ……」

よくわかったなと思って呟《つぶや》く。

「店の人に聞いたら、標準がこれだと言われた。合わなきゃサイズ変えられるっていうし」

――なるほど。

「俺のだっていう印。……こうすると、結構感動するな」

それは、こっちのセリフだ。

左手の薬指。キラキラと光る指輪を見て、天音は涙を流す。

「あり……がとう。嬉し……嬉しいすごく」

声が掠《かす》れて、上手く言葉が出ない。

だけど、大輔は正確に聞き取って、天音を抱き締める。

「どういたしまして」

冗談っぽく耳元でささやく。

「私、頑張る。大輔の奥さんにふさわしい人になれるように」

天音は、彼の胸に顔をうずめて幸せの涙を流した。

しばらくそうしていると……ふと、大輔が天音の手を持ち上げる。

「……うん、頑張ろうな？　もう少し体力をつけようか」

………？

なんのことだと思っていたら、抱き付いていた手を軽く頭の上でまとめられる。

「ふえっ？」

もう半分眠りかけていた頭はなかなか働いてくれなくて、易々《やすやす》と拘束《こうそく》されてしまう。

目をパチパチさせていると、深いキスが始まって、胸をやわやわと揉まれる。

「んっ！　……へ？　あれ、大輔、私、寝る……」

キスを避《よ》けて首を振って大輔を見上げる。

さっき寝ていいよと言われたばかりだ。

「ああ。そのつもりだったんだが、天音が俺を誘うから」

「そんな覚えないけど⁉」

まだ完全に覚醒《かくせい》できていなくて、逃げようにも体が動かない。

終わったばかりの情事のせいで潤《うる》んだその場所に、彼のしっかりとその気になったものが当てられた。

「ま、待って……これ以上は、こ、壊れちゃう……！」

「優しくするから」

熱い吐息と共に耳にキスをされて、体が震える。

それに合わせて、襞を掻《か》き分けて彼が動き出す。

「あっ……んぅ、やっあ、あぁっ。だめ、だめっ」

「天音、好きだよ」

大輔の低い声でささやかれて、首筋にキスをされる。

体は休息を欲《ほっ》しているのに、同時に快感を追って反応も始める。

「俺が満足するまでできるように、体力つけような」

恐ろしいことを言うマッチョを見上げて、天音はふるふると首を横に振る。

「どれだけ頑張らせるの……⁉」

眠気とは別の意味で涙が滲《にじ》んできた天音を見下ろして、見た目だけはにこやかに彼は笑う。

——恐ろしいことにその表情は、彼が仕事でクレーム対応する時の笑顔と被った。

「それほどでも？」

「無理っ」

大輔の言葉に被せるように天音は叫ぶ。

それを予想していたように、大輔は天音の腰を自分に引き寄せてささやく。

「おかしくなるほどに気持ちよくしてやるよ」

そそり立ったものを強く押し付けられて、天音はびくんと跳ねた。

「……っ！　もう、おかしくなりそうです……！」

苦しそうな息を吐いて返事をした天音に、大輔は微笑んで、舌なめずりをする。

「可愛いよ」

大輔から言われた言葉に嬉しさが湧き上がってくるけれど、今はその言葉に負けちゃダメだと思う。

思う……のだけれど。

「天音」

「ふえぇぇぇぇん」

甘い声で呼びかけられて、天音は、抵抗するための力を抜いた。

結局、大輔の笑顔が大好きで、彼に甘くささやかれた時点で負けは決まっているのだ。

「頑張ろうな？」

大輔の笑みを含んだ声に、天音は降参するしかない。

天音はぐったりしながらも、自分の左手に輝く指を見て、最高に幸せな笑みを浮かべたのだった。

第四章　結婚式

1

その後の、大輔の行動は早かった。

天音の両親に挨拶《あいさつ》をした翌朝、彼の隣で目覚めたらいきなり「結婚式の準備を始めるぞ」と言われたのだ。

前日散々喘《あえ》がされて疲れが残っていたのと、まだ眠かったのとで、最初はなにを言われているのかわからなかった。

しかし、そんな天音に大輔は「今日からすぐ、いろいろ考え始めろよ」と言い置いて、東京へと帰っていった。

――デキる男は仕事が早いというが、早すぎじゃないだろうか。

あまりの展開の早さに戸惑いつつも、ぼんやりと『大輔がそう言ってくれたんだし、考えなきゃなぁ』と思いながら帰宅した。

しかしすぐに、そんな悠長なことを言っている場合じゃないと思い知る。

天音たちの結婚に、すっかり乗り気になっている父が、いちいち口出ししてくるのだ。

結婚式を新潟と東京どちらでするか揉めて一週間。

チャペルにするか神前にするかで揉めて一週間。

ドレスの色で揉めて一週間。

挨拶《あいさつ》の日から三週間が経った今、天音はうんざりしていた。

今日は店休日の月曜で、大輔がうちに来ることになっている。

彼と会うのは二週間ぶりだし、お化粧を頑張ったり、色々と準備をしたいのに、今も父があれこれうるさく絡んできたのだ。

「っていうか、どうして父さんがそんなに結婚式に口出してくるのよ！」

「うちは老舗《しにせ》の和菓子屋なんだ！　みっともない式を出せるか！」

結婚が決まり、もうすぐ東京に戻ることも決まった。

最初は大輔のアパートに一緒に住んで、ゆっくりと新居を探そうという話になったのだ。

就職先もまだ決まっていないが、実は、なんと元の職場……大輔と同じ会社から、今度は正社員として働かないかというオファーが来ている。

天音の頑張りが認められたということで、なんとも嬉しい話だ。

いろいろといいことが重なり、本来ならばルンルン気分で結婚式の計画を進められるはずなのに……父がうるさいのだ。

大輔と揉めるならまだわかるが、父が口を出してくることに天音はイライラしていた。

天音が怒鳴れば父が怒鳴り、結婚式の話し合いは難航していた。

当の大輔は、『天音の好きにしたらいい。ものすごく恥《は》ずかしいことを俺にさせようとしない限りは文句はない』と言って任せてくれるのに。

「なんで白無垢《しろむく》を着んのだ。日本人だろうが」

「和装は着つけに時間がかかるから、式の時、会場にいられる時間が短くなるし嫌なのよ。洋装だけでいく」

しかも、予算も大きく変わる。

天音にあまり貯金がない分、大輔に被せてしまうのだ。

しかも、父の意見を取り入れて、東京だけでなく新潟でも小さな披露宴《ひろうえん》を開くことになっている。

節約できるところはしていきたい。

「ダメだ。東京ではどうか知らんが、こっちは白無垢《しろむく》と決まっとる」

——どこの法律だ！

ぎりぎりと二人が睨《にら》み合っていると、母が声をかけてきた。

「大輔さん、見えたわよ」

今日は、新潟でする披露宴《ひろうえん》の打ち合わせと下見に、大輔がこちらに来てくれたのだ。

「大輔！」

「大輔さん！」

部屋に入った途端、二人がかりで詰め寄られて、大輔は……驚くのではなく苦笑した。

「またですか」

結婚式の話し合いで大輔がうちを訪れるのは二回目。この光景にも彼は、すっかり慣れてしまっていた。

天音と父の意見を左右からぎゃあぎゃあと聞かされて、大輔はしばらく考えた後に言った。

「新潟では和装だけ、東京では洋装だけにしたら？」

そうしたら、着替える時間も最小限で済むだろうと言う。

しかし、それでも予算の問題が片付かない。和装は高いのだ。

父にはお金のことを言いたくなくて、天音が眉間に皺《しわ》を寄せていると――

「大丈夫だから」

と、大輔が微笑む。彼は、天音が予算を気にしていることに気付いている。予算のことを言えば父が気にしてお金を出そうとすることを、嫌《いや》がっているのも。

これから兄たちのところに生まれた孫にも自分たちにもお金がかかっていくのだから、無理してほしくないと言えば、父は顔を真っ赤にさせて、今よりももっと怒るだろう。

「この時しか着られないだろう？」

そう言ってくれる大輔に、それでも口をへの字にする天音。大輔は天音にしか聞こえない声でささやいた。

「俺はいろんな姿の天音が見たい。脱がすまで一セットで」

「なっ……！」

一瞬で顔が熱くなる。

家族の前でなにを言うのだ！

大輔の言葉が届いていない父と母は、天音の急な反応に首を傾《かし》げている。

「そうしよう？」

大輔がニコニコと笑って言ってくる。

天音は、ドキドキする胸を押さえ、こくんと頷《うなず》いた。

「あら、さすが大輔さん」

毎回すごいわねえと、母が感心しながらお茶を並べていく。

天音と父の要望をまとめて、最終的な結論を出すのはいつも大輔だ。彼はどんな式でもいいと決定権を天音に委ねてくれているけれど、任せきりにするのではなく、一緒に考え答えを出してくれた。仕事中の彼と変わりない、誠実な対応をしてくれる。さすが、仕事のデキる男は違うと、天音はつくづく思った。

父はぶすっとしたまま、お茶をすする。

しかし、大輔が披露宴《ひろうえん》のプランを提示すると、しっかりと耳を傾けて頷《うなず》くのだ。

結局父も天音も、大輔の掌《てのひら》で転がされているような気さえする。

こうして、実家にいる間に新潟での披露宴《ひろうえん》の話がまとまり、天音はそのひと月後、東京へ戻ることが決まった。

披露宴《ひろうえん》自体はまだ少し先なので、その時になったら戻ってくる予定だ。

父の要望をふんだんに取り入れた披露宴《ひろうえん》の予定が決まり、家族みんな満足そうだった。

2

一ヶ月後の土曜日。

天音は大輔のマンションへと引っ越した。同棲生活のスタートだ。

翌週からは、仕事にも復帰する予定になっている。

今日は大輔の仕事が休みなので、天音は彼と二人で到着したばかりの段ボールの片付けをしていた。

「天音が新潟にいる間に、あっちでの披露宴のことは全部決まってよかったよ。次は東京のほうだな」

「まずは会場選びから始めなきゃね」

つい先日、大輔の家族にもご挨拶《あいさつ》に伺ったのだが、かなりフレンドリーなみなさんで、結婚の了承もすぐに頂けた。

おまけに、なかなかの放任主義。親戚が多く、かなりの数の結婚式に参加しているらしく、式自体にもあまりこだわりがない様子だった。

『主役二人の好きにすればいい』

『当日の時間さえ教えてくれればオッケー』

といった調子だったのである。

「会場のことだけど」

緊張しまくりだった大輔の両親へのご挨拶《あいさつ》のことを思い出していると、ふいに大輔に声をかけられた。

「会社のすぐ近くのホテルに、ちょうど二ヶ月後に一つだけ、空きがあるらしい。天音がよければ、そこに決めないか?」

「会社の近くって……あの高級ホテル⁉」

勤めていた頃に一度だけ、割引券をもらってランチバイキングに行ったことがある。天音の懐具《ふところ》合では、割引券でもなければランチに行くのも躊躇《ためら》うようなところだ。

「どう? 気に入らない? かなり人気のホテルだけど、ダメ元で聞いてみたらいけそうなんだ」

「すごく素敵だし、気に入らないなんてことないけど……」

費用が気になる。ただでさえ二回もやるんだから、贅沢《ぜいたく》しすぎるのはよくない。

「じゃあ決まり。会社の奴らをたくさん呼ぶことになるから、場所的にも都合がいいだろ」

「…………うん」

大輔がいいならば、会場のことは別にいい。招待客が来やすい場所というのも、好ましいことだと思う。

でも、でも! ——田舎で結婚するために寿退社《ことぶきたいしゃ》すると誤解している人たちに会うのは恥《は》ずかしい。……いや、来週から仕事だから、披露宴《ひろうえん》以前に、すぐ会うことになるんだけど。考えただけでも顔から火が出そう!!

「諦めろ」

苦悩する天音に、大輔が意地悪な顔で言い放つ。

「『田舎で』っていうのはなにかの勘違いで、天音は最初から俺と結婚する予定だったと言ってある」

——会社の人たちに、もう話してあるの!?

愕然《がくぜん》とする天音を無視して、大輔は楽しそうに続ける。

「さすがに全部の真相を話すのは忍びないから、ずっと内緒で付き合っていたって設定にしてある。もともと好き合ってたんだから、問題ないだろ？　さて。披露宴《ひろうえん》の日までに、細かな設定もきめておこうか」

明らかに面白がっている。

いつからって、結婚を考えるほどだったら、それなりに期間が必要で。そしたら、あの時も、この時もあんな時も、お付き合い中だったということになるじゃないか！

恥《は》ずかしすぎる！

段ボールに囲まれた中でジタバタする天音を見ながら、大輔は笑っていた。

悶絶《もんぜつ》し続けた引っ越しの翌週。

仕事から帰宅した天音のもとに、一本の電話がかかってきた。

『ちょっと！　結婚相手、牧戸さんってマジ!?』

派遣仲間だった美香子だ。天音が結婚すると噂を流した張本人であろう友人から電話がきた。

結婚式を東京でするなら、一緒に働いていた派遣仲間である彼女たちは呼ぼうと思っていたけれど……なぜ先に知っているんだ。

疑問に思って尋ねると、美香子はサラッと答えた。

『え？　情報源は千佳よ。松本《まつもと》さんと付き合ってるから、会社の噂は今でもすぐわかるの』

松本とは、大輔の直属の部下の一人だ。

――千佳と松本さん!?　……いつからだ。まったく気付いていなかった。

『や〜でもよかったねえ。おめでとう〜！』

「ん。ありがと」

照れくさくて、ぶっきらぼうな返事になってしまった。

それは美香子もわかっているようで、くすくすとからかうような笑い声が聞こえてくる。

「結婚式、来てね」

『もっちろん！』

美香子が楽しそうに言ってくれた。

……ちょっと、安心した。

『なんで黙ってたの!?』と責められるかと思っていたのだ。

だけど、美香子は言う。

『安心した』

声のトーンがさっきと違って、天音は少し驚く。

「なにが？」

『うん、天音が牧戸さんを好きなのは知ってたし、なのに他の人と結婚するんだなあって思ってたから』

「はっ？」

天音の心底驚いた声に、美香子の呆《あき》れた声が聞こえた。

『なに、ばれてないと思ってたの？』

――思ってたに決まってるよ！

自分のこの気持ちはずっと封印しておくつもりだった。周りには完璧に隠し通しているつもりだったのに。

『田舎で結婚するって聞いた時にそう思ったけど、天音にもいろいろ事情があるだろうし責めるわけにはいかないじゃない。でも、言えなかっただけで相手は牧戸さんだったなら……本当、よかった』

美香子の語尾が少しだけ震えた。

『んじゃ、結婚式楽しみにしてる！』

それを誤魔化《ごまか》すように急に大きな声を上げた美香子は、少し慌ただしく通話を切った。

天音はスマホに向かって呟《つぶや》いた。

「――ありがと」

3

二ヶ月後。たくさんの人たちに祝福された東京披露宴《ひろうえん》当日。

この一ヶ月後に、新潟でもう一度、披露宴《ひろうえん》が開かれる予定になっている。

だから、この会場にいるのは同僚や友人、親兄弟の近しい人だけだ。

早々に大輔とは新郎新婦の控え室に引き離されてしまって、天音はそわそわしていた。

天音の髪はまとめられて、ウィッグが付けられている。そこに色とりどりの花が飾られ、頭を動かすだけで落ちてきそうで落ち着かない。

ドレスも、大きく背中が開いたデザインにしたため、背中がすうすうする。

首から背中のラインが綺麗《きれい》だと大輔が言うから、ほいほいとこのドレスにしたが、本当にどうなのだろう。

背中が見たくて鏡の前でくるくると回っていると、控え室のドアが開いた。

「なにやってんの」

兄夫婦だ。手にはお弁当箱を持っている。

「母ちゃんが先になんか食べとけって」

「え、私、出される料理をしっかりと食べる気でいるよ」

兄が並べるサンドイッチを眺めていると、美咲が「無理よっ！」と声を上げる。

「私も食べる気だったの！　だけど、ひっきりなしに挨拶《あいさつ》に来るし、スピーチもらってる時に一生懸命食べられないし、お腹がすいて散々だったわ！」

美咲に抱かれた赤ちゃんが目を丸くして固まるほどに力説された。

兄は、美咲の様子に自分たちの結婚式を思い出したのか、苦笑しながら言った。

「男も、すきっ腹にいきなり酒入れることになるから、なにか食べさせとくよ」

もう一つ包みを掲《かか》げて兄が言う。

「私も大輔の控え室に行きたい」

大輔の控え室に行くならと一緒に向かおうとした天音に、美咲が大きな声を出した。

「新婦がうろうろするなんてできるわけないでしょ！」

美咲に怒られた。……ちょっと、こんなチャキチャキした彼女を見るのは初めてかもしれない。

父と母は、向こうのご両親と話しているので、美咲が天音を任されたらしい。

「いい？　ここでおとなしくしているの。大輔さんのことは任せて。ちゃんと、酔い潰《つぶ》れて初夜を台なしにしないように、重々言い聞かせておくからね！」

「しょっ……!?」

驚くべき単語が出てきて、天音が目を白黒させている間に——

「ちゃんと食べるのよ？　行くわよ！」

と、美咲はさっさと兄を連れて控え室を出て行ってしまった。

控え室を出る時に、兄が苦笑いで「頑張れよ」と言いながら手を振る。

美咲の初めて見る一面に、驚くと同時に、面白くてくすくすと笑った。

兄は驚いてはいなかったから、美咲は本来ああいう性格なのだろう。

これから天音も、大輔のいろいろな面をどんどん見つけていくに違いない。

すでに、働いていた時には思いもしなかった意地悪な表情や、甘い声を知っている。

天音は大輔のことを思い浮かべて、微笑んだ。

——今日、私は、彼の妻になる。

天音は大きく深呼吸をして、兄が並べてくれたサンドイッチを手に取った。


会場の扉の前で、父と腕を組んで立つ。

父と腕を組むなんて、初めてのことで、天音は妙に緊張してしまった。

——隣の父は、それどころではないみたいだが。

いつもしかめ面《つら》だが、今日はお腹でも痛いのかというくらいに強く口を引き結んで、直立不動だ。

「父さん？」

大丈夫かと問いかけると、ギロリと睨《にら》まれる。

「しゃべるな」

すでに汗をかき始めている父をこれ以上刺激しないでおこうと、天音は黙って前を向いた。

隣に自分以上に緊張している人がいると、逆に落ち着いてしまうらしい。

司会の方の声が大きく聞こえて、扉が開けられる。

途端に、拍手の嵐と光の乱舞《らんぶ》。

ガチガチに固まっている父の腕をそっと引いて、ゆっくりと歩きだす。

笑顔と拍手で溢《あふ》れるバージンロードを歩いている途中で、涙目の母と目が合って、天音の目にも涙が滲《にじ》んでしまった。

このままじゃ泣いてしまうと、顔を前に向けると、そこには大輔が立っていた。

まっすぐに立って、天音をじっと見つめている。

目を細めて天音を見る彼は、今までに見たどんな彼よりも格好よくて、目を奪われた。

天音と合わせて白いタキシードにしてほしかったが「気障《きざ》っぽくて恥《は》ずかしい」と大輔が言うので、黒のタキシードになった。

金の縁取りのあるそれは、彼の逞《たくま》しい体をぐっと引き立てて、色っぽささえ感じる。

——格好いい。

天音が大輔に見惚《みと》れていると、大輔がそれに気が付いてふっと微笑む。

——ああ、もう。心臓が壊れてしまう。

父が大輔の一歩手前で立ち止まり、天音の腕を外す。

天音はそのまま大輔の隣へと歩き、今度は彼と腕を組む。

彼の腕に触れる時、ドキドキして震えてしまっていた。

天音と大輔が揃って父にお辞儀《じぎ》をすると、父は眉間に力を込め、一つ頷《うなず》いて踵《きびす》を返した。

母が、そんな父を微笑みながら迎えていた。

天音は大輔を見上げる。

彼も天音を見下ろして、幸せそうに微笑んでくれた。

こんな格好いい人が旦那様になるんだ。

それからは、人前式から披露宴《ひろうえん》までドキドキしっぱなしだった。

天音は大輔にまだまだ片想いをしているような気持ちになって、彼の姿を盗み見ては、格好いいと再確認していた。


ときめきっぱなしの披露宴《ひろうえん》が終わり、美香子たちが二次会を準備してくれた。

招待客たちは先に行っており、天音たち主役二人は着替えて準備をした後に会場入りすることになっている。

その会場に向かうタクシーの中で、大輔が意地悪な笑みを浮かべながら言う。

「天音、見惚《みと》れすぎだろ」

「なんのことですか」

結婚式の二次会ということで、タキシードは脱ぎ、今度は細身のスーツを着ている。

これも、体の線がしっかりと出て、男の色気を醸《かも》し出している。

天音がとぼけて見せても、堪《こら》えたような笑いが隣から聞こえてくる。

睨《にら》み付けると、大輔は天音を覗き込んで彼女の首に手を回した。

「俺も見惚《みと》れていたよ」

髪をアップにしたままきたので、普段出さないうなじに沿って大輔の手が滑る。

「ここ……触りたくてたまらなかった」

そう言って、彼の唇が天音の首の付け根を滑っていく。

「な……んっ！　もう、だめっ」

思わず甘い声が出てしまった。

こんな場所で、なんて声を出させるのだ。

「普段出ていないところを出してるって、いやらしいよな」

「いやらしくないいっ！」

彼の手から逃れるためにタクシーのドアに張り付くようにして、キッと睨《にら》み付けた。

首の周りが熱を持っている気がする。

彼に触れられて、見られていると思っただけで、じんじんと痺《しび》れてくるような感覚がある。

この後、美香子たちが待っていなければ「もっと触って」なんて言葉まで出てくるかもしれない。

天音は大輔に寄りかかりたくなる思考を振り払って、大輔の顔を見上げた。

「これから、美香子たちに会うんですよ！」

天音が大輔に気を付けろと言うように注意をした。

大輔は首を傾《かし》げるだけ。

「それが？」

「いつから付き合ってたんだとか聞かれるし」

「ちゃんと決めただろ。ついでに、そんな質問は式の途中で、もう聞かれた」

そう、こんな質問がきたらこう答えようというようなことは、二人で話し合っていた。

わざわざ二人の複雑な始まりを教える必要はないし、元々好きだったのだ。だから、問題なく真実と嘘を織り交ぜて話を作ることはできた。

「疑われるかもしれないじゃないですか！」

友人に囲まれると、それが一番心配だった。

彼女たちが嘘を見破ってしまわないだろうか。

『付き合ってるような様子、まったくなかったよね？』

もしもそんなことを聞かれたら、冷静に返すことができるだろうか。

頭を抱える天音を呆《あき》れたように見つめて、大輔は首を傾《かし》げる。

「あの女の子たちだろ？　そんな様子なかっただろ」

披露宴《ひろうえん》の最中は、「おめでとう」と言いに来てくれたし、疑っているような様子はなかった。

「驚いた」とは言っていたが、それは異口同音《いくどうおん》に同僚みんなが言っていることだ。

だけど、披露宴《ひろうえん》終了から時間が経っている。

彼女たちは今頃、おしゃべりに興《きょう》じているだろう。

その中で『天音のこと気が付いてた？』なんて話になって、『まったく気が付かなかった。おかしくない？』なんてことになって、『だよね～！』と全員が同調して……

そして二次会では問い詰められるかもしれない。

想像するだけで……

「お腹痛い……」

「はいはい。行くぞ」

お腹を押さえる天音の手を引いて、大輔は車を降りたのだった。


会場はパーティルームのようなところで、大勢の友人が参加してくれていた。

「天音ー！　おめでとう～！」

改めて、女友達から囲まれて、彼女たちが笑顔であることにひとまずほっとする。

幹事たちが「お腹がすいているはず」と勧めてくれたテーブルには、軽食がたくさん並んでいた。

「私たちは充分、式でいただいたから、食べてね」

さすが、女性陣！　わかっている！

美咲が言う通り、披露宴《ひろうえん》ではまったく食べ物を口にできなかったのだ。

スピーチ中や余興をしている人がいる時は食べられないし、空き時間には招待客たちがひっきりなしにやってくる。

天音は有難《ありがた》く箸《はし》を手にした。

そして、元派遣仲間五人が天音たちの周りに座った。

「おめでとうございます～！　もう、まったく気が付かなかったですよ～」

千佳が、天音にかけた祝いの言葉を大輔にも向ける。

天音だって千佳が松本と付き合っているのを知らなかった。

「ありがとう。そうかな」

大輔はよそ行きの笑顔で軽く返事をする。

これからどんな話になるのか、天音は急に緊張し始めた。

「さっきから、みんなで気が付いてた？　って話してたんですが」

手が揺れるほど、天音はドキドキしていた。

――やっぱり、そういう話になったんだ――！

ぎゅっと手を握り締めると同時に、美香子の楽しげな声がした。

「とはいえ私は天音が牧戸さんを好きなのには気が付いてたんですけどね」

「へえ？」

大輔の楽しそうな声に、天音は顔を上げる。

そういえば、電話でもそんなことを言っていたなと思い出すと同時に、周りも同調する。

「あ！　私も私も！　天音はわかりやすいからね」

「天音が牧戸さんを好きなんだなあっていうのはみんな知ってたよね、という話になって」

――へ？

思った方向への話じゃなくなって、天音は思考が止まる。

そして、天音が呆然《ぼうぜん》としている間に、次から次へと暴露《ばくろ》が始まった。

「いっつも目をハートマークにしてさ、うっとりと見つめてたよね」

――さすがに見つめてない！　……はずだ。

ぶんぶんと首を横に勢いよく振っても、全員、天音のことは無視だ。

「そうそう、牧戸さんの笑ってる顔好きでしょ？　牧戸さんが笑ったら、いつもじーっと見つめてたもん」

いつの話⁉　そんなことあった⁉

大輔の笑った顔が好きだと見破られていたことに、天音は別の意味で緊張してきた。

「牧戸さんにちょっと褒められると、天音の顔が溶けるんじゃないかってくらい蕩《とろ》けて」

「もう、やだ。彼氏見ながらうっとりするとか！　もう～」

途中、天音をからかう声が聞こえるが、そんなものどうでもいい。

え、今、なんの話をしてる？

「知ってる？　天音、背中叩かれただけで、顔真っ赤にして女子トイレに籠《こ》もってたことあって」

「え、知らない。いつの話？」

――知ってる！　私は知ってるから、言わないで！

天音が遮《さえぎ》るために声を上げようとした時、ふいっと首筋を彼の手が掠《かす》める。

「…………っ⁉」

息を呑んで、声が出せなかった。

キッと大輔を睨《にら》んでいる隙に、彼女たちが楽しげに話を続ける。

「顔の赤みが引かないで、なかなか戻って来ないのよ～～！」

「知ってる！　冷やそうとしたのか、顔濡らして帰ってきた時だ！」

そうそう！　と女の子たちの歓声《かんせい》が上がる。

——なんてこった。

そんなところ、気が付かれていると思っていなかった。ただ、「お腹の調子悪いのかな？」とか思っといてくれればいいじゃないか。

顔が火を噴くほどに熱を持って、トイレに駆け込んだ時のことは覚えている。

彼を好きだと自覚してから、間もない頃だった。

グループ内で、会議に資料を忘れていくという大きなミスがあった。

天音はそれに気が付くとすぐ、すべての資料をスキャナで取り込み、彼らのタブレットに送信したのだ。

拡大できるように電子化したという名目で。

空振りで終わるはずだった会議は大成功し、大輔が満面の笑みで『よくやった』と言ってくれた。

大輔の満面の笑みなんて見たことがなかったし、なにより、普段そんなにボディタッチなんてする人じゃなかったのに、天音の背中を軽く叩いたのである。

ものすごく嬉しくて、嬉しかったけど、急激に顔が熱くなっているのを感じた。

その場では必死で返事をして、トイレで熱を冷ました。

……なんてことがあったのだけど、なんでみんなが内情を知ってるのよ！

天音はなにも言えずに口をパクパクさせる。しかしさらに女友達は盛り上がる。

「その天音が田舎で結婚なんて言うから、諦めたんだなあと思ってたら！」

「そうそう、なによ、牧戸さんと熱愛中だったたって訳なのね！」

なんか、つじつまが合うように誤解をしてくれているけれど、ものすごく恥《は》ずかしい！

「そういえば一緒に働いてた時の飲み会の席で、私たちの前でも惚気《のろけ》てたわよね。えっと、『ちょっと怖いのに優しくて、いざという時には頼りになるような人』だっけ？」

「なんでそんなこと覚えてんの!?」

正確に言う美香子に、天音は声を上げた。

「いや、天音って牧戸さんをそんな風に思っている気がして、似たような人と結婚するんだなと思って印象に残ったのよ」

——鋭いな！

次々と明かされていく天音の片想いのエピソードに、天音はバタバタと手を振った。

「終わり、その話終わり！」

恥《は》ずかしすぎて、もう隣の大輔に目を向けられない。

絶対意地悪な顔して、どう天音をからかおうか考えているに違いない。

美香子は、大輔を見上げて笑った。

「天音は、牧戸さんのことがすごく好きなのに、なぜ他の人と結婚するんだろうって不思議だったんです。これほど好きな人がいるのに、諦めちゃうなんて悲しいなって」

美香子がほうっとため息を吐くと、周りもうんうんと頷《うなず》く。

「本当に、相手が牧戸さんでよかった」

そうやって締めくくられて、天音は、少しだけ涙が滲《にじ》んでしまった。

そんなに心配してくれているなんて、思いもしなかった。

「ありがとう。そう言ってもらえる存在でよかったよ」

大輔が、彼女たちにお礼を言っていた。

天音も言いたいのに、喉につっかえたように声が出ない。

今声を出したら、みっともなく泣き声になってしまうかもしれないと思ったのだ。

涙が滲《にじ》んだ天音の顔を見て、彼女たちは微笑む。

「幸せになってね」

そう言いながら——

その後、グループ内の男性らにも祝福の言葉をかけられたが、案の定「気が付きませんでした——！」という話題が大半だった。

天音が心配していたことなどまったくなく、楽しい時間を過ごすことができた。

「じゃあ、またね〜」

美香子たちに手を振って、別れた。

天音も少しお酒を呑んで、いい気分になっていた。

「大輔、帰りますよ〜」

天音が大輔の手を握って促《うなが》すと、大輔は苦笑いをして「はいはい」と返事をする。

すでに一緒に暮らしているので、『今日からずっと一緒だね』なんてわざわざ言わない。

だけど、本当に本当に、今日から家族として一緒に暮らし始めるのだ。

気に病《や》んでいたことが杞憂《きゆう》に終わり、天音は浮かれていた。

だから、いつもは大輔相手に強く出ることなんかできないのに、今だけは天音は大輔を引っ張って歩いていた。

そんな、上機嫌で歩いている時に——

「天音、俺のことそんなに前から好きだった？」

と、女友達からの暴露話《ばくろ》を蒸し返された。

「いつから？」

顔に熱が集まってくるのを感じながら振り返ると、大輔が嬉しそうに笑っていた。

「あ、あ……お、教えない」

折角《せっかく》の酔いが醒《さ》めていくのを感じる。

でも、きっと、酔っているのと同じくらい……いや、絶対にそれ以上に顔が赤い。

「なんで」

気に入らなそうに言う大輔のほうがなんで、だ。

そんなこと、教えるわけがない。——三年も片想いしていただなんて！

「絶対笑うから」

口をへの字に曲げて言う天音を面白そうに目を細めて見ながら、大輔は首を傾《かし》げる。

「ってことは、結構前か。俺より前かな」

「当たり前じゃない」

ふてくされて腕をぶんぶん振り回す天音に腕を振り回されつつ、大輔は笑い声を上げた。

「そうかな？　俺だって結構前だぞ？」

意外なことを聞いて、天音は隣を見上げる。

「……どれくらい？」

大輔が天音を好きかもしれないなんて、感じたこともない。

結構前っていうのは、……もしかして、一年くらいは経っていたりするだろうか。

「天音は？」

——それでも、天音より長いなんてことはない。

口を尖らせて黙り込む天音を、大輔は覗き込んでふっと笑う。

「俺はもう三年くらいになるかな」

「…………は？」

大輔の口から飛び出てきた年数に、一瞬本気で日本語を理解できていないかと思ってしまった。

「長すぎるって、笑うか？」

目を丸くして見上げる天音と目を合わせて、大輔はニヤリと笑う。

「え？　え？　三年？　嘘？　……え？　本当？」

アタフタする天音に答えず、大輔は空を見上げて笑う。

「しかし、俺の笑顔が好きだったとは、初耳だな」

「もうっ！」

天音は大輔を叩く真似をしながら息を吐いた。

——結局、大輔がいつから天音を想っていてくれたのかはわからない。

だけど……それなりに、長い時間、天音のことを見ていてくれたのかもしれない。

それが嬉しい。

天音は大輔の腕にギュッと抱き付いて、小さな声で呟《つぶや》く。

「好き」

「俺も好き」

大輔も微笑んで、同じ言葉を返してくれるのだ。

——これから、ずっと。


家に帰りついて、玄関を入ると、どちらからともなく触れるだけのキスをした。

「よろしくお願いします」

はにかんで言う天音に、大輔も微笑む。

「こちらこそ」

今日はこの幸せの余韻《よいん》の中で眠れる。とても幸せな夢が見られるだろう。

しかし、お風呂を済ませて寝室に入り『おやすみなさい』と言おうとした天音は、腰をがっちり掴《つか》まれていることに気付く。

「…………あれ？」

今から、もう寝ますよ？

披露宴《ひろうえん》も二次会もとても盛り上がって、すごく楽しかった。

故に、もう時間が遅い。しかも疲れている。

逃げようとする天音をしっかりと捕まえたまま、大輔は言った。

「さあ、初夜だな」

――幸せな結婚生活の始まりだった。

雪兎ざっく（ゆきと ざっく）
福岡県出身。2015年より小説の執筆をはじめ、2016年に「好きなものは好きなんです！」で出版デビューに至る。ヒロインが幸せになる小説が大好き。

イラスト：三浦ひらく

本書は、「アルファポリス」(http://www.alphapolis.co.jp/) ならびに「ムーンライトノベルズ」(http://mnlt.syosetu.com/) に掲載されていたものを、改稿・改題のうえ書籍化したものです。

勘違《かんちが》いからマリアージュ

雪兎ざっく（ゆきと ざっく）

2017年 9月30日初版発行

編集－斉藤麻貴・宮田可南子
編集長－塙綾子
発行者－梶本雄介
発行所－株式会社アルファポリス
〒150-6005 東京都渋谷区恵比寿4-20-3 恵比寿ガーデンプレイスタワー5F
TEL 03-6277-1601（営業） 03-6277-1602（編集）
URL http://www.alphapolis.co.jp/
発売元－株式会社星雲社
〒112-0005東京都文京区水道1-3-30
TEL 03-3868-3275
装丁イラスト－三浦ひらく
装丁デザイン－MiKEtto
（レーベルフォーマットデザイン－ansyyqdesign）
印刷－中央精版印刷株式会社

価格はカバーに表示されてあります。
落丁乱丁の場合はアルファポリスまでご連絡ください。
送料は小社負担でお取り替えします。

ISBN 978-4-434-23798-0 C0093